TARDE DE GOLONDRINAS

TARDE DE GOLONDRINAS

Héctor Manuel Castro

PALABRA LIBRE

Tarde de golondrinas
©2020, Héctor Manuel Castro
Para esta edición en POD: ©2022, Palabra Libre S.A.S.

www.PalabraLibre.com

Edición en POD: junio 2022
Edición a cargo de: Santiago Díaz Benavides
Corrección de estilo: Nicolás Medina Lozano
Diagramación: Paula Andrea Cubillos Gómez
©Diseño de cubierta: Paula Andrea Cubillos Gómez
©Fotografía de autor: Víctor Rodríguez

ISBN: 978-1-942963-22-6

PALABRA LIBRE

A Gildardo y Matilde, los amores sinceros y motores de mi vida.

A Ángela, Clara, Melissa y Julián, mis amores incondicionales.

A Ninka, la mujer de mi vida, mi compañía eterna.

Los amo con todo lo que soy. Sin ustedes nada tendría sentido.

Entonces la muerte se animó despacito
más traidora que nunca y le cortó las venas
y le pinchó los ojos y le quitó el aliento
y era lo único que podía esperarse
porque con la muerte no se juega.

MARIO BENEDETTI

Septiembre 7
11:23 p.m.

Creo que hemos leído cada uno de estos libros por lo menos tres veces. Es la mejor manera de medir todos los años que llevamos juntos. Son más de cien tomos, algunos extensos, otros cortos, unos tristes, tan tristes, pero todos, sin excepción, nuestros. Son parte de esta larga historia que hemos escrito. ¿Te acordás la forma en que decidimos enamorarnos de ellos? Estos que descansan en la repisa de madera negra no son los únicos que han llegado a nuestras manos, a nuestros ojos. Los hemos alojado aquí porque cuentan parte de nosotros, fueron cómplices de tantas noches de desvelo, tardes de lluvia, domingos de muerte, navidades sin nieve. Tal como siempre has dicho, son estos libros los que nos han leído a nosotros y no al revés. Quizá son ellos los que han escrito un poco sobre nuestras vidas y, sin quererlo y de manera profética, nos han esculpido a su imagen y semejanza.

Siempre nos hemos sorprendido al releer un libro y encontrar frases que no habíamos visto antes, incluso reímos al ver que algún personaje secundario aparece por ahí de manera sorpresiva a sabiendas de que no estuvo presente en la primera lectura. También sabemos, ya sin tener que mencionarlo, que para que un libro se encuentre en nuestra biblioteca tiene que pasar la prueba de las emociones; o sea, generarnos llanto, risas, miedo, ansiedad, y lograr que nos enamoremos, y créeme cuando digo que es una misión complicada de lograr, y no porque no nos amemos, sino porque nos adoramos con tal entrega que a veces pensamos que no es posible querernos más.

Los otros, el resto de los libros, descansan en diversas repisas de la casa: en el garaje, en el estudio, incluso en la mesita de la cocina y en el cuarto del piano, pero esos no son cercanos a nuestra intimidad. Creemos en las segundas oportunidades y por eso los hemos leído de nuevo, confirmando una vez más que ninguno de ellos se compara con lo que nos hacen sentir las obras de la repisa negra, esas que ya son parte de la familia.

Desde que te enfermaste, hace ya muchos libros, me he propuesto leerte de nuevo nuestros preferidos, esos que te aman y que vos amás, los que logran sacarte el brillo del alma, esos tan tuyos, tan míos, tan nuestros. Quiero creer que te sorprendés como si fuera la primera vez que los escuchás. Claro está, siempre vienen renovados, mejorados. A veces pienso, en silencio, que los autores nunca mueren y vienen en las noches a seguir escribiendo las partes que faltaron de sus libros y a borrar las que sobran. Y es que ahora más que nunca estoy de acuerdo con Mateo, que nos dice que cada vez que lee una de sus novelas ya publicadas, siente, en todos los casos, que algo falta y mucho abunda, y por eso desearía no publicar tan pronto, sino esperar algunos años para encontrar sus carencias. Vos siempre te has reído de su teoría, y en silencio me has dicho que si lo hace terminará escribiendo novelas muy diferentes. Mejores, decís con picardía.

Y aquí estamos, juntos, con ellos. Nuestros libros, compañeros de vida, de memorias, de alegrías y tristezas. Te los leo esperando que despertés, que abrás los ojos y me mirés; que me besés en la frente como lo hacés cada amanecer cuando me traés a la cama una taza de café, y con tus manos suaves me acariciés el cabello y me digas al oído buenos días, mi musa, esa frasecita que te suena tan bien y con la que me siento tan feliz de tenerte a mi lado.

Por eso leo los que más querés. Los Cronopios de Cortázar, las Ficciones de Borges, la soledad del Gabo, las policiales de Bolaño, la Luminosa de Levrero, pero ni siquiera con la magia de Benedetti, nuestro inventario arrugado y ahora marchito, ni siquiera con sus versos que hemos hecho nuestros, te has inmutado. Permanezco entre esta nada tan llena de historias, y he comenzado a sentirme perdida entre tantas hojas. Cada frase que leo lleva grabada momentos nuestros robados por otros, y muchos libros están impregnados con sueños y risas, con manchitas de chocolate, con lágrimas resecas que han arrugado algunas hojas, con circulitos de tazas de café que sin querer se posaron en ciertas esquinas dejando una huella imborrable. Y vos seguís en el limbo, respirando muy de cerca. Empiezo a sentir, sin embargo, que estás lejos. Me pregunto si te das cuenta de que permanezco sentada a tu lado, arropada con la colcha roja de cuadros que compramos en Cracovia, y con la que cubro tu mano para que no se enfríe. Y río mientras te leo las ocurrencias de Witkowski y su leñador, e imagino la expresión de pesar que sale de tu cara cada vez que escuchás las dificultades de un escritor para terminar su libro. Te sentís identificado. Han sido tantas madrugadas sentado al frente de esas hojas, creando otro mundo y tratando de terminar tu propia historia. A veces, la luna te llena y te sumergís absorto en tus realidades imaginarias, y avanzás con paso firme por el camino desconocido que te muestra una salida lejana; a veces, llegás a la cama y me abrazás en silencio, y puedo percibir que no hay palabras que sacien tus ideas, y que el sendero se hace espinoso y la luz que lo alumbraba se ha apagado.

No podés renunciar, te he dicho con besos. Y ahora con ellos te lo repito, no podés renunciar. Abrí los ojos y dejá que volemos, no me importa si es aquí o allá. Pero no me soltés, no con este desenlace desolado.

¿Para qué quiero todos estos libros si no estás? ¿Con quién compartirlos? No podés irte sin mí. Ahora es cuando lamento tanto que no hayamos intentado de nuevo ser padres, pero es que fue tan doloroso. A lo mejor nuestro hijo sería valiente como vos, quizá romanticón y sensible. ¿O qué tal una niña que sacara mi forma de ser? Seguro estaría aquí en este momento difícil, haciéndonos compañía, preguntándonos por el origen de nuestro todo y tal vez adornando la casa con nuestros nietos y un par de mascotas. Sería lindo, ¿no? Pero no es así, y nos toca estar solos. Y ahora, ni siquiera vos querés quedarte conmigo.

Nuestros amigos, los que han quedado, intentan permanecer cercanos. Mateo llama con frecuencia y ha prometido venir a visitarnos tan pronto llegue a la ciudad. Dijo que estaba terminando una novela que debe entregar a fin de mes. Ya sabés, él siempre tan dedicado con su trabajo. Rosa María llamó en la mañana a preguntar por ambos. Se ofreció a cuidarte dizque para que yo pueda salir a hacer mis cosas. Le expliqué que todas mis cosas están ligadas a vos, y agradecí su ofrecimiento. No la culpo, sabemos que ella no entiende lo que es respirar el aire compartido. Darío también escribió un correo desde Holanda. Ya imaginarás, como siempre quejándose de sus padecimientos y de Lucero, la mujer que no le conocemos. No le he respondido, de pronto tengo suerte y puedo esperar hasta mañana para decirle que ya estás mejor, que has despertado y que querés saludarlo.

¿Te diste cuenta de que el médico estuvo aquí hoy? Pues, por si no te acordás, me sugirió que te llevara al hospital para hacerte nuevos estudios. Le dije que no, que todos los estudios anteriores arrojaron los mismos resultados y que, además, eso de estar sacándote de la casa no te agrada mucho. Le dije que vos siempre has querido estar aquí, con los libros, la guitarra, el piano, y conmigo, igual que me pasa a mí. Él sonrió y aceptó. Nos conoce bien y, además, está tranquilo con las enfermeras que vienen dos veces al día a monitorear las pantallas que marcan tu ritmo cardiaco. Son dos chicas encantadoras. Luz Elena, que tiene dos niñas, y Cielo, que vive con sus padres. Se han encariñado mucho con vos, y me dicen que conocen un paciente que despertó de un coma profundo y hoy tiene una vida normal. Me hace una ilusión enorme saber que otros ya han regresado de ese sitio desconocido en el que nos encontramos ahora. No imaginás la esperanza que me dan sus historias sobre aquel hombre, y por eso cada día les pido que me cuenten un poco más. Justamente ayer cenamos en casa, pues mientras imaginaba que dormías una siesta, cociné unos espaguetis con la salsa boloñesa que me enseñaste a hacer. Lo gracioso es que tuve que mirar tu receta varias veces, pues se me olvidaba la cantidad de carne que debía agregarle. Ya sabés que nunca he sido muy buena en la cocina, pero esta vez y sin ánimo de presumir, la cena quedó como para chuparse los dedos, o por lo menos fue lo que dijeron nuestras educadas invitadas. Les conté que a vos te queda incluso mejor, y las invité de nuevo para cuando regresés, así que apresúrate.

Cielo me contó que este próximo fin de semana su madre estará de cumpleaños, por lo que una enfermera distinta vendrá a reemplazarla en su turno. Pero no te preocupés, que me ha dicho que es una gran profesional y además muy cuidadosa con sus pacientes. Yo misma hablé con ella por teléfono. Si mal no recuerdo, se llama Lorena Andrea o Lorena Antonia, es un nombre compuesto muy bonito, y como viene de la capital y no tiene donde quedarse, le ofrecí que se quede con nosotros hasta el lunes, y de paso nos haga un poco de compañía. A veces es bueno sentir a alguien más en casa. Ella agradeció nuestra invitación con amabilidad. Su voz suena como la de una adolescente, y sin conocerla la he imaginado delgada y alta, con el cabello rubio largo y grandes ojos marrones, siento que tiene una personalidad dulce. Es tan gracioso ponerles rostros a las voces. A vos te encanta, pero más de una vez nos hemos equivocado, aunque de tales experimentos han salido buenos personajes que van a parar a nuestros diálogos de balcón, mientras tomamos un buen vino y creamos fantasías que siempre inicio y vos acabás con un toque de misterio. Eso siempre me ha fascinado de vos, la manera en que girás la realidad para hacerme reír. Y lo lográs en momentos donde percibís que mi pecho necesita un descanso de la cotidianidad. Me sabés leer muy bien, y me encanta cuando contestás a los demás que yo soy tu libro favorito, ese que has leído por muchos años.

Acaban de dar las ocho en el reloj del estudio. Tenemos que cambiarle la batería, pues las últimas campanadas ya suenan un poco afónicas, cuasi cansadas o enfermas, qué sé yo. También estoy agotada, y es que no escuchar tu voz, no sentir tu compañía, tu calidez diciéndome que todo va a estar bien, me drena.

Ay, mi viejo, ¿cuánto tiempo aguantaremos así? Ambos hemos perdido peso. Vos porque ahora te alimentás con sueros, y yo porque carezco de apetito de tan solo de verte ahí postrado, sin gestos ocurrentes, sin ganas de quererme, sin luces en tu casa.

Tu manuscrito sigue esperándote dentro de aquel sobre que yo misma he puesto en la repisa negra de madera. Y claro que allí pertenece, pues estoy segura de que tus letras superarán la prueba de las emociones. Es más, sin leerlas todavía, ya me hacen suspirar. Me has dicho que vos mismo me leerás la historia en el debido momento, y que yo me encargaré de escribir el final. Me ha parecido muy atractiva la idea misteriosa, pero ahora que te veo aquí dormido no quiero tener en mi mano la pluma que escriba las líneas que cierren el capítulo que no espero. No tengo la valentía para dejarte ir. Por eso decidí todo este tiempo esperar a que vos mismo me digás que te encanta mi final, y juntos nos enamoremos de ese último punto. Pero no despertás, y el tiempo no detiene su macabro paso. Lo he pensado por muchas madrugadas, mi viejo hermoso, y creo que ya es hora de abrir el sobre y leer esa historia que escribiste en soledad. De pronto, así te animás y me mirás, quizá para decirme que la estoy leyendo con el sentimiento errado, o para hacer énfasis en alguna palabra que sentís más que otras, o hasta para burlarte de una frase y mencionar entre dientes que debemos borrarla ipso-facto, mientras nos acordamos de Mateo y sus teorías y reímos al compás de las caricias torpes de nuestros dedos añejos.

Has hecho énfasis, además, en la importancia de leer tu historia escuchando ópera. Te he preguntado qué clase de ópera y el porqué de tal requerimiento, pero vos me has dicho que yo misma descubriré la razón, y que no hay necesidad de clasificarla, pues este género conlleva implícita la magia necesaria para que la lectura sepa mejor.

Y pospongo la de tus hojas, y así vengo haciéndolo desde hace meses, con la esperanza de que seas vos el que dé el primer paso, pero todos dicen que no será así. Me he negado a creer que ya no despertarás. Algo dentro de mí me hace sentir que volveré a ver tus ojos, tu sonrisa, que volveré a escuchar tu voz. Los agentes del seguro médico se han atrevido a sugerirme que te desconecte para que logres descansar, como si a ellos les importaras. ¡Los muy insolentes! Si lo único que les interesa es no seguir pagando por tu cuidado. Yo no quiero que sufrás, pero tampoco que te marchés. Anoche, precisamente, analicé con calma, con extrema calma, todas las alternativas que tenemos ahora. Por primera vez no dejé escapar el llanto. Es difícil tomar decisiones coherentes cuando el corazón se interpone. No fue fácil contener mi tristeza, pero me mordí los labios para hacerme fuerte y pensé que no es justo encadenarte a mí, cuando tu alma libre quiere cabalgar sin limitantes. Tampoco es justo que yo esté tan encadenada a vos, pero a esta altura de nuestras vidas ya no se trata de pensar en esa justicia en la que no creemos, esa que hemos visto colapsar durante mucho tiempo; después de tantos años juntos, casi una vida entera, es imposible no estar encadenados el uno al otro, incluso de la manera enfermiza en que estamos, o en la que me siento yo, atada a nuestros recuerdos.

Mi viejo adorado... Hoy desperté pensando en ese viaje que a todos nos toca emprender tarde o temprano, y te juro que me encantaría ser yo la que esté en tu lugar, porque siempre vos has sido el más fuerte de los dos, el más valiente, y yo sé que podés sobrevivir sin mí, pero yo sin vos, no. Hacerme a la idea de tu partida me está quebrando en pedacitos.

Ahora imagínate, ¿cómo sería todo si ya no estuvieras aquí? De amor nadie se muere, lo tengo claro, pero de soledad, sí.

En la madrugada tuve una idea clara. Abrir el sobre y comenzar a leer tu historia, pues es algo que debemos hacer juntos antes de que alguno de los dos se marche, y no vaya a ser que te dé una sorpresa y me vaya yo antes. Luego, tal y como lo has deseado, intentaré terminarla, aunque no prometo que sea lo que esperás, pues al contrario de vos, a mí siempre me han gustado los finales felices, esos pintados de rosa, con sabor a satisfacción, mientras que a vos te encantan los inesperados, los que poco hacen sentido, esos que decís nos ponen a pensar más. La verdad sea dicha, me siento un poco nerviosa de leerte, de saber qué tan lejos viaja tu imaginación cuando volás en las madrugadas. Prometí que no te preguntaría nada sobre la historia, ya que te veías siempre tan feliz de sorprenderme. Y te juro que sin abrirla estoy segura de que me sorprenderé. También tengo la buena corazonada de que la terminaremos juntos y de que volverás a abrazarme sin excusas, mientras vemos desde el balcón cómo la tarde se pinta de rojos y grises, y la noche se adueña de nuestra casa. Yo siempre tan positiva, debés estar pensando, pero recuerda, mi viejo del alma, que gracias a mi positivismo hemos ganado muchas batallas que creíamos perdidas.

Ya no dilataré más esta espera que guardo a propósito y que me hace más daño que el hecho de ver que te alejás poco a poco. Comenzaremos ahora el recorrido por nuestro nuevo libro. Solo espero no sea el último que leamos de la mano. Dejaré sonar en el fondo de la habitación las notas de ópera que sugerís.

Son las once y cuarenta y siete de la noche del primer lunes de septiembre. Vos y yo juntos como siempre, como siempre, como siempre...

1

La casa era la última de la calle Melancolía, un lugar tan maldito como los recuerdos que la rodeaban y que en el pueblo marcaban el paso del tiempo. El abandono decoraba su fachada con hierba y telarañas, y la maleza emergía entre la neblina como si se la estuviera comiendo a mordiscos. Dentro de sus paredes desoladas se grababa una historia de violencia y dolor que permanecía viva entre los pobladores, a pesar de que pocos quisieran recordarla.

Sobrepasando las colinas aledañas se posaban sobre su techo amorfas figuras grises que, sin prisa, se esparcían como fantasmas por las demás viviendas de la villa, anunciando la tempestad de las tres de la tarde que a diario inundaba algunos sectores de la población. En su chimenea inservible hacía nido un grupo de golondrinas que sin horario salía a volar alrededor y que, de cuando en vez, se posaba sobre un tejado cualquiera para resguardarse de la lluvia, lo que suponía, entre los supersticiosos habitantes, mala suerte para los residentes de la morada escogida por las aves.

El rumor que circulaba sobre aquella vivienda la alejaba de los temerosos transeúntes que preferían caminar de más, antes que pasar frente a la casa poseída por demonios, brujas y demás seres del averno que nadie había visto, pero que escuchaban en las noches y que eran responsables de las desgracias que les ocurrían a todos por igual. Muchos intentos fallidos por derrumbarla constaban en las actas de policía, pero la presencia del Alma en Pena, como llamaban a su propietaria, lo impedía en cada ocasión. A pesar de no vivir allí, Ágata Quintero no estaba dispuesta a que nadie destruyera la casa donde había crecido, y en la que su vida adquiría completo sentido.

Melancolía estaba en medio de Lágrimas y Olvido, dos avenidas silenciosas y oscuras a escasas cuadras de la concurrida plaza donde se erigía la iglesia Los Dolores, en la que, al atardecer, con el tañer agudo de cuatro campanadas, el padre Ferdinando amenazaba a sus fieles con el fuego del infierno y les prohibía ser felices, pues según él la felicidad era obra del príncipe de las tinieblas. Las teorías del anciano estaban bien sustentadas en los acontecimientos que todos habían presenciado y que este les recordaba cada vez al finalizar su sermón. Sentada en la primera banca estaba siempre Magdalena Manrique, la viuda sorda que cubría su cabeza con un manto negro y que, pocas veces, soltaba la camándula pelada por el sudor de sus dedos artríticos. Al mirarla, no se sabía si estaba rezando o si dormía su siesta. A su lado, posaban sus enormes traseros las hermanas Rumores, dos beatas cincuentonas que se alternaban para confesarse día de por medio y que, pasaban sus mañanas sentadas en el portón de su casa hilando chismes y carpetas. El alcalde, su mujer y su hija Josefina, ocupaban la segunda fila, desde donde entonaban, con sus voces destempladas, los cánticos de adoración que resonaban hasta el final del pasillo. Junto a ellos se veía al inspector de policía con su novia, la maestra Fanny, a la que había prometido llevar al altar después de que su madre muriera. Fanny, que en un principio estuvo feliz con la propuesta de matrimonio, ahora hacía novenas a todos los santos conocidos para que la madre de su amado muriera de una vez por todas y así poder vestir el velo ya curtido que guardaba en su armario. Detrás, oliendo a alcohol y cigarrillos, se sentaban los dos únicos uniformados de la pequeña villa. Los policías se limitaban a acatar órdenes del inspector, pero como poco pasaba, se habían convertido en mandaderos a cambio de un plato de comida, una cerveza, cigarrillos, o algunas monedas de más. Ramón y Miguel iban en sus bicicletas al correo, a la panadería o a cualquier otro sitio del pueblo, con tal de que su destino no implicara pasar cerca de la casa de la temible bruja.

Luciendo sobre la camisa apretada de paño su acostumbrado corbatín rojo, y acompañado de sus hijos, Rómulo y Remo, estaba en la cuarta fila don Fermín Estirado, dueño del banco El Machete. Asistía a la misa solo para encontrarse a la rubia Bondades, con quien anhelaba acostarse. A pesar de doblarla en edad y triplicarla en peso, no veía imposible la manera de conquistarla. "¿Dónde encontrará un mejor partido que yo?",pensaba con confianza, pero al verla frente a frente, su rostro se empapaba de sudor y no podía exclamar dos palabras seguidas sin que se le quebrara la voz. Bondades sabía que era la debilidad de aquel hombre, y aprovechaba cada visita al banco para obtener pequeños préstamos que no pensaba pagarle jamás, al menos, no con dinero.

Sola en la quinta banca, como si el asiento estuviese escriturado a su nombre, estaba sin falta Teresita Mesa, que vivía en la lujosa casona de la calle Suspiros. Era la propietaria del Café Central donde, cada tarde al finalizar la liturgia, se reunían las feligresas más destacadas de la comarca a tomar el té y a recorrer con sus lenguas llenas de migajas, la vida de las familias vecinas. También era dueña de la ferretería La Chiquita, del supermercado Descuentos y de la farmacia El Alivio, negocios heredados de su padre. Por tradición familiar, Teresita ordenaba a todos sus empleados cerrar cada tarde y asistir por una hora a la misa del padre Ferdinando. Desde que lo conoció, más de treinta años atrás, pocas veces había dejado de presenciar la misa diaria del ahora decrépito y malgeniado religioso, y junto a él, había hecho un juramento que no pensaba romper: acompañarlo hasta su último día.

El amor y la pasión que existió entre ambos dieron paso a una relación de fe y admiración por su parte, aunque de vez en cuando disfrutaba de las esporádicas visitas extra parroquiales en su vivienda, donde los rezos disminuían y aumentaban los gemidos. Teresita aún amaba a aquel hombre de Dios. Sus confesiones eran exclusivas de su capellán y cómplice de vida, pero, por más que había intentado ser sincera, guardaba un secreto que la atormentaba día y noche. Con el paso de los años surgió un terror profundo a morir mientras dormía, logrando que se despertara constantemente empapada en sudor y con el corazón saliéndosele del pecho. Luego, encendía la lamparita de su escritorio y escribía con pelos y señales aquella parte oscura de su vida, pero antes de regresar a su cama, optaba por quemar su confesión mientras se fumaba uno de sus cigarrillos mentolados y lloraba hasta el cansancio. Una tarde de lluvia, después de unos minutos de sexo que terminaron con un acto de contrición mental, intentó contarle todo a Ferdinando, pero antes de que pudiera desahogar sus demonios, este comenzó a vestirse de manera apresurada, argumentando con rabia que ella ya no lo satisfacía como antes. Su carácter violento todavía la atemorizaba, al punto en que pensaba que lo mejor era callar su secreto para siempre.

El rostro de enfado del padre Ferdinando era común entre los habitantes del pueblo. Con sus blancas y pobladas cejas arqueadas y subiendo el tono de su voz, el flacuchento cura comenzaba siempre su sermón con la advertencia de que ninguno de sus feligreses debía buscar la felicidad, ya que era un plan demoniaco para alejarlos del reino de los cielos.

—Recordemos una vez más el reciente castigo que Dios ha enviado a este pueblo y que es fruto del mal comportamiento de muchos de ustedes —indicaba el clérigo con furia, señalando indiscriminadamente. Luego, sin falta, se disponía a narrar la historia del matrimonio entre Pedro y Mariana, una pareja que se entregó al amor y a la pasión desenfrenada, y que terminó el mismo día de su boda bajo las llantas del camión en el que Braulio vendía sus verduras. Aquel hombre había gastado en la cantina del pueblo el producto de la venta de sus cebollas y papas, pero su estado de embriaguez no fue suficiente para condenarlo. Dos horas más tarde y todavía borracho, salió de la cárcel El Azote, luego de que el sacerdote y su sobrino, el comandante de policía, decidieron que los culpables eran los novios, pues mucho se les había advertido sobre la prohibición de ser felices, y al momento de su muerte, ellos estaban más dichosos que nunca. Las imágenes de los cuerpos sin vida de los recién casados habían quedado impregnadas en la mente de Teresita, que no podía evitar que la cara se le llenara de lágrimas cada vez que el sacerdote narraba con morbo aquella tragedia. Al lado de la acaudalada mujer se sentaba Aurora Andrade, su empleada más joven que, como ritual, le pasaba servilletas para que se secara las lágrimas y se limpiara los mocos. La muchacha abandonaba la iglesia antes de finalizar la misa para abrir de nuevo el Café Central y tener listo el té y los panecillos dulces que a diario se comían las chismosas rezanderas.

Con paso veloz, Aurora se dirigía a su lugar de trabajo, donde todos los días, faltando diez minutos para las cinco, la esperaba en la puerta trasera Ágata Quintero para comprarle tres panes rellenos de mermelada. El Alma en Pena, como le decían, prefería no hacer apariciones públicas para evitar ser objeto de miradas de reproche e insultos lejanos.

—Le guardé los más frescos, espero que los disfrute con su familia —sonrió con dulzura Aurora.

—Mi niña, tú siempre tan especial. Emilia te mandó este obsequio, ella misma lo ha bordado. No sabes lo mucho que anhela conocerte.

—A mí también me encantaría conocer a su hija —luego sacó de la bolsa plástica una carpeta grabada con dos jazmines de colores—. ¡Es hermosa! —dijo—. Quedará perfecta en mi mesita de noche. ¿Cuándo puedo ir a visitarla y agradecerle en persona?

—Ahora está de viaje con su padre. ¿Quisieras venir a casa a cenar cuando regresen? Será fabuloso verlas juntas. Es tan bella como tú, y casi de tu edad—. Una mirada maternal brotó de sus enormes ojos negros. Luego se dio cuenta de que la misa acababa, y emprendió su camino tan rápido como pudo, evitando ser observada.

Con la primera campanada, los demás empleados de Teresita abandonaban la iglesia sin recibir la bendición final, y regresaban también a sus labores cotidianas. El cura no se acostumbraba a que más de una docena de fieles se retirara sin que él lo ordenara, pero se mordía la lengua para no enfrentar a quien patrocinaba su glamuroso estilo de vida.

El sacerdote culminó su homilía hablando sobre la fiesta que el alcalde planeaba para su hija. Enojado, como siempre, dijo que no estaba de acuerdo con tal festejo, y señalando al mismo mandatario y a su familia, concluyó que quienes aceptaran la invitación que todos habían recibido deberían atenerse a las consecuencias divinas.

Josefina cumpliría su mayoría de edad, y su padre, que se reelegía en cada mandato, había programado un enorme agasajo para celebrarla y darle rienda suelta a su vanidad desmedida. Por más que el cura criticara su decisión, nadie impediría el festejo en honor a su máximo orgullo y futura heredera.

Ferdinando echó la bendición final y enfatizó en que no todos la merecían. Luego salió de la iglesia por la puerta principal, mientras sus fieles le hacían la calle de honor a la que los tenía acostumbrados.

A su espalda, y como emulando la coreografía diaria, salió Teresita con su mirada altiva, luego el alcalde con su familia, el inspector con su novia eterna, y después el resto de los asistentes por orden de importancia social. La última en salir, siempre, era Magdalena Manrique, que despertaba cuando la noche había caído y solo la acompañaban las estatuas de los santos.

—Señor alcalde, ¿cómo van los preparativos para la fiesta del sábado? —la voz chillona provenía de la garganta gruesa de la mayor de las hermanas Rumores.

—Fabuloso, Lolita, fabuloso. Jamás hemos tenido en el pueblo una celebración como la que estamos planeando. Voy a tirar la casa por la ventana, ya verás.

—Estoy segura de que hará la mejor fiesta en la historia de esta villa. Sabe que puede contar con nosotras para lo que necesite —añadió su hermana Pepa, organizándose el enorme busto y expulsando una sonrisa que dejaba al descubierto el diente delantero que faltaba en su boca. El alcalde aprovechó el tumulto en el atrio y la ausencia del cura para invitarlos de nuevo a la gran celebración.

—Claro que iremos —manifestó con complacencia el negro Filomeno, encargado de la oficina de correos y que, además, fungía en las tardes como repartidor de la correspondencia.

—Será un honor, señor alcalde —agradeció la pecosa Sarita, dueña del salón de belleza Espejismos, y conocida por su coquetería constante con los hombres de la villa—. ¿Puedo llevar a los mellizos?

—Cuente conmigo y también con mi familia —respondió con un apretón de manos Efraín, el carnicero, dejando impregnados de olor a vaca muerta al mandatario y a su esposa.

—¿Yo también voy? —preguntó con una sonrisa ingenua Biri biri, el bobo del pueblo, salpicando de babas la cara del alcalde, que con molestia se limpió mientras, de manera despectiva, le decía que sí, advirtiéndole que tenía que bailar solo y no orinarse delante de nadie, de lo contrario se tendría que ir. Biri biri aplaudió la respuesta y saltó de felicidad. Le encantaban las fiestas.

Haciendo gala de su liderazgo y poder de convocatoria, el mandatario esperó uno por uno a los asistentes, y recibió de la mayoría una sonrisa de aprobación.

—Creo que necesitaremos comida de más —susurró su esposa, preocupada por la cercanía de la fiesta.

—Comida de más, comida de más —repitió Biri biri, quien ya comenzaba a bailar solo, mientras buscaba un baño público para orinar.

***

El anhelado día llegó con prontitud. Catorce marranos fueron sacrificados por Efraín, el carnicero, en nombre de la festejada, también tres docenas de gallinas criollas y algunos pollos desplumados que terminarían en las barrigas de los invitados. El mandatario no había escatimado recursos en aquella recepción y usando, además, los sobrantes del presupuesto del primer trimestre del año, se empeñó en contratar a la orquesta de un pueblo vecino y, de paso, compró toda la cerveza existente en la cantina Recuerdos, obligando a su propietario, el cojo Arbeláez, a cerrar su tienda hasta que sus proveedores regresaran a final de mes. La plaza central lucía carnavalesca. Las mesas y sillas de plástico llevaban moños de colores, y los postes de luz estaban adornados con globos y flores. Los árboles del parque se vestían con faldas de papel celofán y en el aire explotaban voladores pirotécnicos que llenaban el ambiente de humo, olor a pólvora y gritos de euforia.

Las mesas repletas de carne se apostaban bajo carpas con la foto sonriente del alcalde. El buen aroma de la comida preparada llegaba hasta las narices más lejanas, como invitación subliminal. Todo estaba preparado para el inicio de una tarde inolvidable.

Por petición de su adorado guía, Teresita decidió salir de viaje y no participar de la fiesta, pero antes de marcharse donó postres y panes, y envió a Josefina una bicicleta nueva con un moño dorado.

El padre Ferdinando estaba furioso con aquel evento. En su prédica del día anterior, intentó convencer con desespero a los habitantes para que no asistieran, recordándoles que la felicidad era pecaminosa, como también era pecado emborracharse, bailar con la mujer del prójimo, reír en demasía y disfrutar sin límites de aquella parranda. Advirtió a las mujeres que mostrar mucha piel iba en contra de los designios del padre celestial, y que los ojos del todopoderoso las observaban por doquier.

El grupo de las puritanas tampoco asistió, y junto al cura observaron lo acontecido desde un balcón contiguo, mientras se santiguaban tomando el té.

La fiesta comenzó alrededor del mediodía, cuando las desafinadas notas musicales dieron la bienvenida a la agasajada que llegaba sentada sobre un Jeep verde destartalado, propiedad de la alcaldía. Ese sábado de marzo, Josefina llevaba puesta su mejor sonrisa y también un vestido nuevo, con el que lucía como lo que era, la princesa del pueblo. Al entrar a la calle principal, los vivas y aplausos no se hicieron esperar. Los presentes coreaban su nombre, mientras que ella arrojaba al azar besos y saludos.

La felicidad desbordaba en aquella población. Una felicidad que el padre Ferdinando no podía permitir. Como autoridad religiosa sentía que el futuro de todos estaba bajo su responsabilidad y tenía que tomar una decisión urgente antes de que llegara una condena del cielo.

—Hijas —dijo— Dios castigó a Sodoma y a Gomorra una vez, y ahora siento que correremos con la misma suerte si no hacemos algo de inmediato.

Las galletas se atragantaron en las gargantas de algunas de ellas y, sin cuestionarlo, se dispusieron a escuchar con convicción la idea brillante con la que salvarían al mundo.

Horas después, mientras los habitantes del pueblo disfrutaban del manjar servido, y las cervezas comenzaban a surtir efecto, Ferdinando y sus secuaces comenzaron una estrategia redentora. La agasajada observaba alegre el júbilo que había ocasionado. Sus padres bailaban en medio de todos y brindaban con los campesinos por la cosecha y la reelección que se avecinaba.

Una canción de moda sonó en los parlantes instalados en la mitad de la plaza y, entrando en furor, todos se fueron a bailarla. Siguiendo el plan marcado, Lola y su hermana Pepa llegaron hasta la plaza para sabotear la fiesta. La mayor de las Rumores se integró al grupo que bailaba mientras que su cómplice, con alicate en mano y evitando ser observada, cortaba cables de todos los colores para matar las canciones. El sonido de los parlantes fue reemplazado por un fuerte trueno al mismo instante que el grupo de golondrinas voló sobre la plaza y se posó con suavidad sobre una de las carpas.

—Va a llover —dijo Biri biri sin dejar de bailar y señalando la nube negra que se aproximaba. Muchos de los presentes comenzaron a esconderse debajo de los toldos, asumiendo que el aguacero, que por lo general duraba unos cuarenta minutos, llegaría con fuerza. Sin embargo, la lluvia no era un motivo de preocupación entre los asistentes, pues estaban tan acostumbrados a ella que lo extraño era que no cayera una tormenta durante la tarde.

—Josefina, ven. Tengo algo para ti —indicó alguien, aprovechando la confusión.

La alegre joven encontró con su mirada la conocida voz que le llamaba y, sonriente, la siguió para jamás regresar. Nadie se percató de su ausencia hasta mucho tiempo después de finalizada la tempestad, cuando Aurora llegó cargando el pastel de cumpleaños con las velitas prendidas.

La fiesta culminó temprano ante la ausencia de música y de la festejada.

—Lo logramos… —susurró Pepa a su hermana—. ¿Y en dónde se metió Josefina?

—¿Dónde se metió Josefina? ¿Dónde se metió Josefina? —repitió Biri biri sin dejar de sonreír, y haciendo eco del silencio que ahora llenaba la plaza.

Una hora más tarde, y al constatar que la muchacha no estaba en casa, se inició una búsqueda que muchos no comprendían. La noche caía y, con ella, el entusiasmo de los habitantes de la villa. Con linternas y antorchas se dieron a la tarea de encontrarla. Ferdinando y las puritanas se unieron al grupo, no sin antes manifestar que lo que pasaba era consecuencia de la felicidad que se vivió durante el día.

—No aguantamos más los pies —se quejaron las Rumores, desatando quejas y resabios de otras personas que poco a poco fueron abandonando el grupo debido al cansancio y a la oscuridad que no los dejaba ver casi nada.

Las horas pasaron de manera lenta, especialmente para la madre de Josefina que no había parado de llorar ni un solo instante. Al cabo de un par de horas, las calles del pueblo estaban desiertas.

El fulgor emanado por la fiesta más importante del año se había desvanecido en pocas horas, y en silencio aquella villa sucumbía ante las dudas y la enigmática desaparición de la muchacha, a quien parecía se la había tragado la tierra.

Las acusaciones llegaron con rapidez, y en su mayoría apuntaban a la bruja Ágata. Aunque no la habían visto en toda la tarde, era ya la sospechosa principal de lo que le pasara a Josefina, como de los aguaceros diarios, la ruptura de los parlantes y el cansancio en los pies de las hermanas Rumores.

—Fue la bruja, fue la bruja. Se la llevó en una escoba —volvió a decir Biri biri, pero sus palabras impertinentes eran obviadas por la comunidad acostumbrada a su proceder distinto. Todos regresaron a casa maldiciendo al Alma en Pena y su vivienda endemoniada, y dando la razón a Ferdinando que estaba cansado de advertirles que aquella fiesta terminaría de esa forma.

—Es un profeta —dijo la pecosa Sarita antes de irse a dormir, y la idea quedó retumbando como eco en las cabezas de los demás.

Finalmente, el amanecer llegó, pero sin indicios de la muchacha.

Bajo el eco de cinco campanadas provenientes de la torre de la iglesia, el alcalde, su mujer, Aurora Andrade y algunos familiares de la joven extraviada, retomaron su correría por cada rincón del pueblo, sin obtener una explicación de su paradero.

—Si algo le sucede, juro que destruyo con mis propias manos esa casa embrujada y a cuanto demonio viva adentro —gritó con furia el alcalde, pero antes de que su furia se desbordara, fue interrumpido por su esposa, que entre sollozos dijo que la culpa era de ellos mismos, pues nadie podía negar lo felices que estaban. —Calla, mujer, no digas estupideces —continuó el alcalde—. Ya suenas como Ferdinando. La culpa de todas nuestras desgracias es del Alma en Pena y de nadie más. Apenas encontremos a la niña, mandaré a que la arresten y me encargaré de que jamás vuelva a salir del Azote.

—¿Y cómo está tan seguro de que la señora Ágata tiene algo que ver? —preguntó con timidez Aurora—. Ella no fue a la fiesta. Me dijo que se iría de viaje con su esposo y Emilia.

—¿Cómo? ¿Hablaste con ella?

—Bueno, es que pasó por el café y le vendí unos panes.

—¿La estás encubriendo? Mucho cuidado, jovencita, no quisieras estar vinculada con sus macabros planes —señaló, amenazante.

—No la encubro, es solo que…

—¡Calla! Deja de hablar idioteces y concentrémonos en encontrar a Josefina. Igual ya sabemos que todo lo que pasa aquí es debido a esa casa del demonio y a esa mujer. Siempre he estado seguro de que este pueblo está maldito. Ya llegará el momento de desenmascarar a esa bruja y sus secretos. Si supieras todo lo que me ha contado el padre Ferdinando sobre ella, también le temerías.

Aurora no contestó. Pensaba que no era el momento de entrar en una confrontación de palabras con aquel hombre preocupado. Aunque eran pocas las veces que había hablado con Ágata, sentía que era buena. Algo en ella le generaba confianza, quizá era la manera en que hablaba de Emilia, o tal vez la forma tierna y dulce en que la miraba. "Seguramente se ha ido con Lucas", pensó sin decir nada.

El sol, tímido, se posó sobre el pueblo. El paradero de la muchacha era un completo enigma. La búsqueda de Josefina se extendió por dos días, donde los moradores se tomaban turnos para ir al bosque a intentar encontrarla. Finalmente, fue hallada por los policías en el patio trasero de la casa embrujada. El cinturón de su vestido rosado le rodeaba el cuello. Su lengua seca y sus labios morados jamás se borrarían de la memoria de la gente, como tampoco el nauseabundo olor que desprendía su cuerpo colgado de uno de los árboles del lugar. Los gritos de terror se envolvieron en el viento frío de aquella tarde de marzo.

—¿Crees que el padre Ferdinando tiene algo que ver? —preguntó Lola, a su hermana, con ojos de terror.

—No. Lo sucedido es un mandato divino. Demos gracias a Dios porque ha salvado al mundo.

—Un milagro, un milagro —dijo Biri biri, pero su voz se perdió entre la histeria colectiva.

2

Ágata recorría sin zapatos la montaña donde estaba su vivienda. Las nubes grises que se movían con ligereza traían en sus brazos el aguacero de cada tarde. Sabía que aún tenía un par de horas para recolectar los jazmines con los que a diario adornaba la habitación de Emilia. El viento frío se metía bajo su falda tobillera y le erizaba la piel. Absorta en su labor, llegó hasta el arroyo sin percatarse de lo que sucedía a escasos metros de distancia. Su respiración se cortaba con rapidez entre el camino empinado. Ya no tenía el mismo estado físico. "Los años no pasan en vano", pensó con melancolía. El agua helada de la cascada se fundió en sus labios secos y refrescó su cuerpo acalorado. Luego se mojó las manos y las pasó varias veces sobre su cabellera larga y grisácea. Miró de nuevo los jazmines que tenía en su canasta y una mueca de felicidad se reflejó en el fondo del río. Su hija se ponía feliz con las flores de colores que le llevaba cada tarde.

—Cómo te adoro mi Emilia preciosa —gritó a los cuatro vientos, mientras un suspiro se le escapó del alma y se perdió en el aleteo de una golondrina que pasaba muy cerca.

Sin prisa emprendió el regreso a casa. El silencio que sentía en aquellas montañas solo era interrumpido por el zumbido de las moscas y el movimiento de las hojas que se mecían con el viento de lluvia. Amaba aquella pasividad que le regalaba el paisaje. Cansada, se tiró al suelo y observó las nubes que se movían con ligereza. Intentó darle forma a algunas de ellas, como lo hacía muchas tardes con su pequeña.

—Mira, mami, un elefante —recordó a Emilia levantando su mano en el aire e intentando darle rienda suelta a su imaginación.

Ágata sonrió pensando que aquellas nubes que veía su hija pocas veces tenían forma de elefantes, de conejos o de flores, como Emilia aducía.

—En pocas horas te veré —dijo en voz alta, y luego extendió sus extremidades de par en par. Sin darse cuenta se quedó dormida.

El Alma en Pena tenía su vivienda entre las montañas que circundaban el pueblo. Después de su matrimonio con Hugo el artista, se fue a vivir alejada de la casa donde había crecido, evitando que las memorias le siguieran haciendo daño. Allí, en su pequeña cabaña, había nacido su todo, su Emilia, y con ella la ilusión de una nueva vida. A pesar de ser odiada por unos y temida por otros debido a las historias que el padre Ferdinando inventaba sobre ella, Ágata no prestaba atención a las miradas de desprecio y a los rumores de que era una bruja malvada, una hija del demonio. Sabía bien que Ferdinando obraba motivado por la venganza prometida, derivada de su incumplimiento al compromiso de casarse con él.

Tenía solamente diecinueve años cuando el nuevo sacerdote de la villa había llegado procedente de una ciudad lejana. Aquel hombre inteligente y atento quedó impresionado con su belleza y en poco tiempo le declaró su amor profundo y le propuso escapar juntos a un sitio alejado. A pesar de no sentir lo mismo, Ágata no descartaba aquella oferta de vida, pues estaba cansada del yugo machista y de los abusos físicos que su padre le imponía constantemente.

—No vas a estudiar, la educación es solo para hombres —indicaba cada vez que ella le insinuaba sus deseos de prepararse intelectualmente—. Tu trabajo es cocinar y limpiar. No voy a permitir que leas esos libros que solo carcomen tu cabeza —eran algunas de las sentencias decretadas por su progenitor, y a las que su humilde y temerosa madre asentía en silencio. Muchas madrugadas su padre llegaba embriagado y hambriento, y al ver que no había comida preparada esperándolo, optaba por quitarse el cinturón de cuero y castigarla, incluso hasta que brotara la sangre. Aun así, las cicatrices en sus brazos y piernas no podían compararse con la que llevaba internamente, esas que tanto dolían. El miedo reverencial que le tenía a aquel hombre lograba paralizarla al momento de las constantes agresiones. Sumisa y obediente, la joven trataba de no contrariarlo, evitando ser golpeada una vez más, e intentando proteger la integridad física de su acobardada madre.

—Me voy a largar uno de estos días —gritó desesperada una tarde, después de recibir una paliza por tardarse de más en el supermercado.

—¿Qué hacías tanto tiempo por fuera? Imagino que estabas de putita con cualquiera por ahí —exclamó el borracho enfurecido, mientras le asentaba un nuevo correazo donde cayera—. Y te advierto, el día que intentes marcharte, juro que me desquito con tu madre —gruñó—. Y tú, vieja compinche —dijo, dirigiéndose a la madre— sigue alcahueteándole esas salidas innecesarias y verás que pronto llegará preñada, y yo mataré al responsable, y luego las mato a las dos.

Ferdinando se convertía entonces en una carta de salvación para ella y su futuro. Una noche de invierno, tras una fuerte discusión con su padre que terminó en algunos golpes, Ágata decidió darle el anhelado sí a su pretendiente prohibido. Enloquecido por la felicidad, Ferdinando viajó hasta la capital e informó al obispo su decisión de colgar el hábito y renunciar a su vida religiosa. El amor era la motivación principal de su alegría, y a pesar de que el purpurado no estuvo de acuerdo con su accionar, el joven sonriente le indicó que le importaba poco si era comprendido o no, al final haría caso a su corazón.

Ágata no dejaba de llorar. Escaparse con el cura del pueblo generaría graves consecuencias para su madre. Ya no soportaba la situación que vivía en su casa, pero tenía claro que la única que pagaría los platos rotos sería aquella anciana temblorosa y enferma. Aceptar la propuesta sería, además, el mayor pecado que pudiera cometer. Pensaba que habría un lugar reservado en el infierno para ella por estar obstruyendo la misión de un elegido de Dios.

Intentar enamorarse de un sacerdote la convertiría en una mujer maldita, tal como lo había escuchado desde que era niña, y seguramente le arruinaría la vida a aquel hombre. Ágata entendía que él estaba sacrificando todo por ella, y a pesar de su desespero por huir, no podía destruirle la existencia para buscar su bienestar propio.

Tras largas noches de desvelo pensando en lo que haría, llegó a la conclusión de aceptar su equivocación. No se iría con él. Aquel hombre prohibido solo le inspiraba sumo respeto y fe, y no interrumpiría su labor sagrada por nada en el mundo, ni siquiera por ella misma.

Como un balde de agua helada recibió el muchacho la noticia. Llorando como nunca suplicó a su amada que recapacitara y se retractara de su accionar. Desesperado le gritó que por ella había renunciado a sus votos religiosos, y que lo mínimo que podía hacer era darle una oportunidad. Le juró que con el tiempo se enamoraría de él, porque al final el amor, como la vida misma, era una costumbre. Pero Ágata no le haría más daño. Arrepentida le pidió perdón una y otra vez, implorándole que regresara a su vida sacerdotal y que se diera cuenta de que ella solamente le traería sufrimiento. Sus palabras no fueron entendidas por Ferdinando que, cansado de rogarle amor, juró hacerla lo más infeliz que pudiera. Con el alma destrozada y el orgullo pisoteado, habló con los padres de su amada imposible y les contó el daño causado por la culpable de sus angustias, esperando que ellos la obligaran a cumplir su promesa. Iracundo, el padre de Ágata estalló en gritos y le ordenó que abandonara el pueblo o lo mataría con sus propias manos, no sin antes contarle a todos los habitantes de la población la clase de persona que era. Arropado en sus sólidas creencias religiosas más que en la defensa de su hija, aquel viejo campesino no podía explicarse cómo un hombre rompía su fidelidad con Dios para enamorarse de una simple mujer.

—Eres un demonio que ha tentado a aquel hombre débil. Quiero que te largues esta misma noche —masculló mientras le señalaba la puerta. Su madre optó por callar de nuevo y, tras la orden de su esposo, se encerró en su cuarto.

Ágata no derramó una lágrima más. Sin planes de ningún tipo entró a su habitación, empacó en un maletín su poca ropa, y se alistó para emprender un camino desconocido. Antes de salir de casa tocó con suavidad la puerta del cuarto donde estaba su madre, pero no obtuvo respuesta alguna.

—Mamá, te amo y siempre será así —se despidió suavemente. Luego posó sus ojos negros en los de su padre, que permanecía de pie al lado de la puerta principal. El silencio fue abismal. La mirada de odio se dejó entrever en el rostro de aquel hombre.

Bajo la luna menguada, Ágata salió de casa, confundida, sin saber a dónde ir.

Ferdinando también había quedado en el limbo. Como única opción regresó a la diócesis capitalina para pedirle al obispo una nueva oportunidad. Sollozando su arrepentimiento se arrodilló frente al hábito del superior para que lo recibiera otra vez, pero este no lo dejaría volver tan fácilmente. Después de verlo humillado, le dijo que tendría que probar con creces su vocación, y ante la aceptación del joven doliente, lo envió como asistente de la curia a uno de los pueblos más apartados del país, donde trabajaría con leprosos.

Los años siguientes fueron difíciles. A pesar de haber recuperado su trabajo como sacerdote, no lograba ser ubicado en un sitio diferente. Su labor se efectuaba en medio de la selva, donde en varias ocasiones sufrió quebrantos de salud y estuvo al borde de la muerte. Los colmillos de una víbora fueron los culpables de la amputación de dos dedos de su mano derecha, la fiebre amarilla lo obligó a permanecer en diálisis por meses, y una infección mal tratada en los riñones aún le generaba ardor al orinar. Aquellos años dejaron en él múltiples cicatrices que le marcaron el cuerpo y el alma.

Dos décadas más tarde y debido a un asma crónica adquirida, su petición tuvo eco, y fue por fin trasladado al pueblo en el que un día dejó su corazón por una mujer que le fracturó la vida. Al regresar se dio cuenta de que la casa de Ágata estaba abandonada. Ella se había marchado poco tiempo antes de que su padre asesinara con un machete a su madre y luego se quitara la vida. Pocos reconocieron al ahora maduro y amargado sacerdote que arribó con un objetivo principal: destruir a la culpable de su desgracia, y demostrarles a todos que la felicidad era la causante del dolor y el sufrimiento propio; de eso, él era un gran conocedor.

Por su parte, Ágata escapó del pueblo sin conocer su destino. La culpa que sentía por su accionar con Ferdinando le dolía incluso más que la reacción abrupta de sus padres. Nunca había salido de su lugar natal, y ahora tendría que enfrentarse por obligación a un mundo desconocido, a la realidad que la asustaba. La primera noche la pasó acostada en una de las sillas de madera cerca a la caseta donde llegaban todos los buses. Un saco de lana bordado por ella misma fue su aliado en la intemperie. Le resultó imposible dormir. Temblando más de susto que de frío, lloró con amargura. Extrañaba a su madre, y no podía creer que esta no hubiera hecho nada para defenderla, pero no la culpaba. Era consciente del poder que el hombre de su casa ejercía en ambas. "¿Y si regreso?", pensaba en ocasiones, pero en el fondo de su desolación entendía que era hora de iniciar una nueva vida por sí misma.

El primer bus arribó en la madrugada y en pocos minutos saldría con destino a la capital lejana. Tenía que decidir su primer movimiento con rapidez. "Al carajo todo", se dijo en voz alta. Tomando su morral corrió hacia aquella máquina del tiempo que la sacaría de allí. Al posar su pie en el primer escalón, cerró con fuerza los ojos y se prometió que solamente regresaría el día que pudiera proveer por su madre y librarla del infierno en el que vivía, ese mismo en el que perdería la vida.

El paisaje que entraba por las ventanas del bus, la cautivó. Un sentimiento de independencia la embargó por primera vez y los latidos en su pecho se acrecentaron. Ignoraba qué haría, qué comería, o dónde dormiría la siguiente noche, pero tales preocupaciones se dispersaron al instante en que observó una gigantesca valla de colores que decía: «Cigarrillos El Mago: La solución para que todos los problemas desaparezcan». Aquel mensaje invadió su espíritu. Una sonrisa le llenó la cara, y sin pensar en nada más se quedó dormida con la cabeza apoyada en la ventana polvorienta de aquel vehículo.

***

El rugir de un trueno sacudió la montaña y Ágata despertó asustada sobre el prado. Una sonrisa brotó al ver los jazmines de Emilia en su canasta. Sacó de su brasier la cajetilla del Mago y prendió uno con tranquilidad. "Veinte años fumándolos y todavía mis problemas no desaparecen", pensó con ironía. A lo lejos, unos gritos de desespero resonaban hasta donde estaba. No sabía de dónde provenían, pero eran suficientemente fuertes para anunciar una desgracia. Moviéndose con agilidad corrió cuesta abajo entre los arbustos, deslizando sus pies desnudos hasta llegar a la cima de un peñasco donde visualizaba buena parte del pueblo.

La conmoción frente a su casa vieja la alarmó. "¡No! Otra vez no", se dijo entre dientes, con furia, suponiendo que de nuevo los habitantes del pueblo querían destruirla, pero el llanto y los lamentos que escuchaba le hicieron dudar de tales intenciones.

Corrió alrededor de la maleza y se ubicó en un punto donde veía con claridad al interior de su patio. Siguió el movimiento de quienes, consternados, seguían llegando a su vivienda. Con estupor observó un cuerpo que colgaba de su árbol preferido. Apretó los ojos para ver mejor, y su vida se detuvo.

—¿Josefina?

Los nervios se apoderaron de ella. No lo podía creer. ¿Cómo contarle a su hija que su mejor amiga estaba muerta en el patio de su casa vieja?

En medio de la conmoción, Ferdinando no se dejó esperar para señalar a la culpable del asesinato. A gritos, exigió a su sobrino la captura inmediata de la bruja.

—A la cárcel —gritó el viejo sacerdote, aumentando el caos entre los espectadores. El pueblo, guiado por los quejidos de furia y el dolor del alcalde y su esposa, se sublevó en contra de Ágata Quintero y de su vivienda maldita.

—Cárcel, cárcel —gritó Biri biri, incendiando los ánimos de los presentes.

Mientras los policías bajaban a Josefina de aquel árbol, los campesinos exaltados comenzaron a arrojar piedras a la casa, quebrando algunos de sus ventanales. Aun así, nadie se atrevía a entrar.

—Es hora de quemar esta vivienda maldita —gritaron las hermanas Rumores, idea que fue avalada por la multitud.

Un nuevo estallido salió de la nube, y las golondrinas comenzaron su bajo revoloteo alrededor de los presentes. Tal como si se tratara de la presencia de fieras salvajes, los curiosos huyeron atemorizados. La lluvia había llegado para quedarse.

3

Un hombre de apellido Extraño llegó hasta la casa cural muy temprano en la mañana. Medio dormido, Ferdinando lo recibió con sus lagañas frescas y su pijama de bata blanca. El elegante sujeto dijo que era el abogado de Ágata Quintero y lo amenazó con iniciar un juicio penal en su contra si alguien atentaba de nuevo contra la casa de su cliente. Con tono desafiante, lo retó a presentar pruebas de sus acusaciones o a retractarse públicamente en la misa de la tarde, de lo contrario, lo demandaría por calumnias y lo enjuiciaría en un tribunal de la capital, donde posiblemente terminaría en la cárcel.

Las horas siguientes fueron un infierno para el cura. No tenía prueba alguna que convenciera a la población de la culpabilidad de la mujer que odiaba. Ahora, sus palabras no eran suficientes ante la ley distrital. Asustado y en medio de rezos pasó la mañana viviendo una encrucijada. Era consciente del poder económico de Ágata, y no dudaba que esta iniciara una guerra en su contra, ahora que estaba respaldada por su marido millonario.

A pesar de haber visto a Hugo el artista en solo dos ocasiones, Ferdinando sabía que era un hombre solvente que vendía esculturas y cuadros a importantes políticos y empresarios de la capital. La primera vez que lo conoció, y confiado en su buena reputación, le encargó una pintura de *La última cena* para su alcoba y una escultura de un metro y medio de alta con la figura del Arcángel San Miguel, que descansaría en el jardín de su vivienda.

El artista trabajó por meses en ambas asignaciones, pero una semana antes de entregarlas recibió una llamada del sacerdote advirtiéndole que cancelaba los trabajos, pues se había enterado de que era el esposo de la mujer que más detestaba en el mundo. Aduciendo la carencia de recursos económicos de la curia, Ferdinando se justificó con Hugo, pero al artista poco le importó que no le pagaran el dinero acordado y de igual manera entregó con placer ambas piezas, pensando que era su aporte a la comunidad religiosa del pueblo de su mujer.

Ahora, la enorme estatua descansaba en el jardín de la casa cural, sosteniendo en su mano derecha una espada en bronce mientras posaba su sandalia siniestra en la cabeza de Satanás arrojado en el piso y dándose por vencido en la lucha espiritual eterna creada por los hombres. Por su parte, el cuadro de Jesús y sus doce apóstoles en la cena final, colgaba de la pared de su sala, y era motivo de orgullo y fantochería, a sabiendas de que pocas personas podían tener una obra del mejor artista del país.

Ferdinando no se disculpó con Hugo por el incumplimiento de aquel contrato verbal y el día en que lo vio por segunda vez, en el que recibió los trabajos artísticos, se mostró displicente y malhumorado de solo pensar que aquel hombre pasaba las noches con la mujer que había amado. Sentado frente al arcángel, el sacerdote pensaba en la mejor manera de salir ileso de aquella amenaza legal. Ese día entró a la iglesia mientras Biri biri hacía sonar las cuatro campanas de la torre. Sus feligreses se pusieron de pie. Nunca lo habían visto llegar tarde. El alcalde y su señora no estaban presentes, ahora sus sillas eran ocupadas por un hombre que solo el cura reconocía. Comenzó su homilía indicando que, tras una investigación a fondo realizada por el comandante de policía en las últimas doce horas, se concluyó que Josefina se había suicidado.

La reacción de los presentes hizo eco en los vitrales.

—¿Por qué habría de matarse si lo tenía todo? —preguntó la rubia Bondades en voz alta.

—Quizá su padre la maltrataba —respondió Pepa Rumores—. Siempre me dio la impresión de que algo no marchaba bien en esa familia.

La discusión se apoderó de la iglesia. Todos señalaban los motivos por los que Josefina se habría quitado la vida en una fecha tan especial como la de su cumpleaños. Ahora se escuchaban en el aire cientos de razones que justificaban el accionar de la muchacha.

—Tenía un amor prohibido —decían algunos.

—Estaba enferma y no quiso sufrir más —especulaban otros.

—Odiaba a sus padres, se le veía en los ojos —indicó alguien más.

—Tenía problemas con el alcohol, siempre olía raro —sentenció una voz cualquiera, que fue respaldada por otras que agregaban nuevos factores.

—¿Se murió Josefina? —preguntó Biri biri.

Ferdinando solo escuchaba. La algarabía lo dejó sin palabras. Por primera vez permitió que sus fieles interrumpieran su misa, ya que lo único que le preocupaba era librarse de la posible demanda en su contra.

—¿O sea que el Alma en Pena no tiene nada que ver con esta tragedia? —preguntó en voz alta un morador del pueblo, despertando a la somnolienta Magdalena Manrique, que no entendía lo que sucedía y, para disimularlo, se santiguaba con su rosario.

El cura miró al abogado una vez más. Este también lo observaba fijamente. Sin decir nada, levantó sus cejas esperando una respuesta inteligente.

—En absoluto. La investigación indicó que doña Ágata Quintero ni siquiera estaba en el pueblo el sábado. Seguro estaba con su esposo y con Emilia, su hija. Lamento haberla acusado, pero es culpa de ustedes —gritó enojado y apuntando sus tres dedos hacia todos—. Les advierto que ya no soportaré injurias en contra de ella ni maltratos a su casa.

Todos se miraron incrédulos ante sus palabras. Sabían que era él quien desde siempre la había asociado con el mal y la desgracia.

—Pero, usted fue el que dijo que…

—¡Silencio! —volvió a gritar Ferdinando, interrumpiendo al joven Rómulo Estirado—. A partir de ahora les queda prohibido atentar contra esa vivienda y esa buena familia. Suficientes problemas tenemos aquí como para que estemos creando nuevos con ideas inexistentes.

Un silencio abismal retumbó en el ambiente y luego se metió en las cabezas de todos.

El cura recordó la confesión final que Josefina le había hecho semanas antes de su decisión fatal y en la que indicaba que era muy infeliz con su vida.

—Jamás pensé que llegaría a suicidarse —finalizó Ferdinando, advirtiendo una vez más que la felicidad era el deleite del mismísimo demonio.

4

Los funerales de Josefina se llevaron a cabo al día siguiente. La misa de las once de la mañana estaba preparada para su gran despedida. La orquesta del pueblo vecino, que días antes la celebraba, ahora emitía notas de tristeza, mientras uno de sus integrantes cantaba una melodía que hacía llorar a todos por igual. Su madre se abrazaba al ataúd de pino blanco, mientras le preguntaba a su hija no presente, entre sollozos, el por qué de su accionar desconsiderado. Los ojos ensangrentados del alcalde se posaban sobre cualquiera que llegara a brindarle sus sentimientos de pesar y apoyo. El pueblo entero se volcó a la iglesia. Incluso llegaron comisiones procedentes de locaciones aledañas que al escuchar la noticia decidieron corroborar con sus propios ojos la historia de horror que marcaba la región. La ceremonia comenzó en medio del llanto y los lamentos de los presentes, y aunque muchos nunca conocieron a Josefina, ni a sus padres, o ni siquiera a persona alguna en aquel pueblo, lloraban y se daban golpes de pecho solo para salir de la rutina. Sobre el altar estaba puesta una fotografía ampliada de la muchacha donde se veían con claridad sus enormes ojos negros y su sonrisa retorcida.

—Así la recordaremos por siempre —comenzó el padre Ferdinando, señalando aquella imagen, a sabiendas que nadie podría borrar de su memoria el rostro morado, la mueca tenebrosa y el olor nauseabundo que desprendía de su cuerpo al momento de su hallazgo.

Los sonoros mocos de Bondades interrumpían cada frase pronunciada por el sacerdote. Aprovechando su dolor, Fermín Estirado le entregó el pañuelo que llevaba en el bolsillo trasero de su pantalón y se atrevió a consolarla sobre su hombro sudoroso. La rubia, enseñando su escote negro pronunciado, se dejó consolar. Junto a los de ella, mocos diversos resonaban en las cuatro esquinas de la capilla, confundiéndose con el sonido desafinado de las trompetas que entonaban el Ángelus. Con los rostros unidos, Teresita y Aurora intercambiaban lágrimas y se abrazaban mientras el dolor brotaba por sus gargantas congestionadas. Al igual que ellas, las hermanas Rumores aprovechaban el momento para agarrar con fuerza a los tristes campesinos que se sentaban a su lado.

—Es una gran oportunidad —le dijo Lola a su hermana, momentos antes de comenzar la ceremonia religiosa.

Los ritos sacramentales se llevaron a cabo, y luego se invitó a quienes quisieran hablar sobre la memoria de Josefina para que subieran al estrado principal. La primera que aceptó fue la pecosa Sarita, indicando que por muchos años cortó su cabello negro y frondoso, y que en cada visita a su salón le daba consejos sobre cómo debía conquistar a un hombre. —Creo que iba a tener mucha suerte en su vida amorosa, porque era una muchacha muy risueña y voluptuosa —finalizó ante el descontento de las puritanas y las miradas de desaprobación de los dolientes.

El negro Filomeno también subió al altar. Vistiendo su uniforme azul del correo postal y con su voz quebrantada, recordó la tarde lluviosa de octubre en la que al caer de su bicicleta se quebró el codo. —Josefina fue la única persona en el pueblo que me ayudó a repartir la correspondencia después de que salía del colegio, y aunque me tocó pagarle por hacerlo, no tuve queja alguna de su trabajo; bueno, a excepción de la vez en que la pillé abriendo las cartas que una mujer enviaba a su padre. Ese día no le pagué, pero aprendió la lección.

Una mirada de reproche brotó de la madre de la muchacha hacia su esposo, quien puso cara de yo no sé, y se sumergió de nuevo en el dolor que emanaba de su todo.

—Josefina era mi mejor amiga —dijo Aurora Andrade, notablemente afectada por lo ocurrido.

—Me niego a creer que su muerte haya sido su propia decisión —exclamó, irrumpiendo el silencio y generando enojos y algarabía.

—Calla, insolente. ¿Qué estás diciendo? —se exacerbó el inspector de policía, afirmando que su investigación no dejaba espacio a dudas.

—Josefina se suicidó —gritó aquel hombre, causando que la madre estallara en lamentos y que el alcalde estuviese a punto de abandonar el recinto.

—No es cierto —insistió Aurora, levantando su voz.

—¿Y por qué está tan segura? —preguntó Ferdinando.

El rostro de Aurora palideció. Había prometido a Josefina guardar el secreto, pero no podía permitir que culparan a su amiga de un crimen que no había cometido, y que su muerte no fuera investigada a fondo.

—Porque ella… ella…

—¡Habla, carajo!

—Estaba enamorada.

—Enamorada, enamorada —dijo el bobo de la villa.

Una vez más la algarabía reinó en el recinto. El alcalde y su mujer se miraron extrañados. Su hija jamás había mencionado nada al respecto.

—¿Enamorada de quién? —se preguntaban todos.

Aurora intentó salir corriendo de la iglesia, pero el propio alcalde la detuvo, agarrándola con fuerza de un brazo y exigiéndole explicaciones.

—¿Enamorada de quién? Dilo, dilo.

Asustada, la joven comenzó a llorar. Teresita, que había saltado desde su silla hasta el altar, intervino para que el alcalde la soltara y no le hiciera daño.

—Por favor, Aurora. Cuéntanos todo lo que sabes —le suplicó la madre de Josefina, pero para evitar que todos en el pueblo se enteraran, acordaron reunirse después del sepelio y aclarar los interrogantes.

—Y tú —señaló con furia el alcalde a su inspector de policía—. Espero estés presente en esa reunión.

Con la cara lavada por el sudor, Ferdinando intervino para finalizar la misa. La confusión creada por las palabras de Aurora ponía en duda la credibilidad de su sobrino, a quien todos comenzaban a mirar con sospecha, miradas que sintió también iban dirigidas a él.

Minutos después, una caravana multitudinaria se dirigía hacia Dolores, el cementerio situado en la cima del pueblo, cerca de la salida de este. El cajón de madera reposaba sobre el viejo Jeep verde de la alcaldía. Detrás de él caminaba el pueblo entero murmurando los nuevos acontecimientos.

—Yo sabía que Josefina no se había matado. Era imposible que una muchacha tan inteligente pensara en terminar su vida —dijo Pepa Rumores, ante la aceptación de sus fieles compinches.

—Lo único cierto es que hay un asesino suelto, y que el próximo muerto puede ser cualquiera de nosotras— acotó su hermana Lola con voz de espanto, induciendo la alarma entre los vecinos. Las puritanas, encabezadas por las hermanas Rumores, caminaban detrás del sacerdote, y entre rezos, lágrimas y galletas, analizaban uno a uno a los residentes del pueblo intentando localizar al asesino.

—Señorita Fanny. ¿En dónde estaba usted la tarde del sábado cuando desapareció Josefina? —preguntó Pepa con malicia.

—Ah, no señora, conmigo no va a jugar a los investigadores. Yo estaba junto a su hermana en la mitad del parque. A la que no vi en ese momento fue a usted, y si mal no recuerdo, luego apareció con unas herramientas en la mano. ¿Acaso oculta algo, Pepita?

El nerviosismo de la menor de las Rumores se hizo visible, su rostro palideció en un dos por tres, y sus piernas temblorosas no respondieron más, viéndose obligada a tomar el brazo de quien caminaba a su lado.

—Estaba bromeando, profesora. Mejor dejemos que el inspector haga su trabajo —dijo esta con temor.

Josefina fue sepultada en la tumba contigua a la de la vieja Lourdes, su abuela paterna que había fallecido dos navidades atrás y que nunca fue cercana a ella. Esa tarde no llovió, pero ni el alcalde ni su esposa se percataron de aquel extraño fenómeno. Ambos estaban empapados con las lágrimas que brotaban por cada uno de sus poros.

—Madre: ahí te encargo a mi hija, mi Josefina, por favor cuídala y no me la dejes sola, como lo hiciste aquí —mencionó el abatido alcalde frente a todos, quienes sin tapujos empezaron a juzgar a la abuela muerta y su carencia de cariño por la única nieta que tuvo.

—Jamás la quiso —dijo la profesora Fanny a quienes caminaban con ella, añadiendo que aquella mujer nunca estuvo de acuerdo con que su hijo se casara con la empleada del servicio, y que cada vez que podía gritaba a los cuatro vientos que Josefina no era su nieta, pues estaba segura de que su madre se acostaba con cualquiera en el pueblo. La vieja Lourdes, impetuosa y ricachona, trató por todos los medios de que su hijo se separara de su esposa, a la que consideraba una sirvienta ventajosa que, aprovechándose de su belleza exótica y de la ingenuidad de su muchacho, lo atrapó en sus redes venenosas con un embarazo ajeno. La anciana, dueña de dieciocho casas en la villa, y con una jubilación bastante jugosa, estaba convencida de que Josefina era hija de Fermín Estirado, con quien la había visto muchas veces conversando de una manera muy personal, pero como no podía comprobarlo, se dispuso a inventar historias que la desacreditaban, como aquella que decía que su hijo estaba bajo los efectos de un bebedizo hecho con menstruación y hojas de menta, y que por eso no podía alejarse de esa mujerzuela que tanto daño le hacía. En una ocasión le indicó a su hijo que si no se separaba lo desheredaría, pero tal amenaza no dio resultado y, por el contrario, generó una batalla entre ambos. Aquel hombre molesto le gritó que no esperaba ni un solo peso de ella y que, a partir de ese momento, renunciaba a lucrarse de las rentas, pues él podía sostener a su familia con su propio trabajo. Aquella pelea fue una de las más grandes que tuvieron en su vida, y propició que su hijo no regresara a visitarla por casi un año.

Lourdes, que en un principio era una fiel devota de su iglesia e íntima amiga del padre Ferdinando, comenzó a sumirse en el alcohol después de enviudar, hasta convertirse en una experta catadora de vinos, cervezas, rones y cuanta bebida se cruzaba en su camino. Con el tiempo, la mujer fue abandonando sus creencias religiosas, especialmente al constatar que ninguna novena, ofrenda o promesa al cielo, daba resultados para alejar a su hijo menor de las garras malvadas de la víbora que destruyó el futuro familiar. Había incluso dejado de tomar por catorce días seguidos, siguiendo los consejos de Magdalena Manrique, que le dijo que un sacrificio como ese, encomendado a la Santísima Trinidad, nunca fallaba. Pero a ella no le funcionó, quizá, pensó siempre, porque a la octava noche y casi sonámbula, se tomó un traguito pequeño de vino de consagrar, pero eso no lo contó como incumplimiento de su promesa, pues era prácticamente la sangre de Jesucristo.

Aunque no volvió a la misa diaria, seguía realizando sus confesiones semanales con el sacerdote que la visitaba en su casa y aprovechaba para cobrar el diezmo por sus funciones a domicilio. Tras una cirrosis hepática diagnosticada meses antes de su fallecimiento, Lourdes optó por dejar su fortuna en manos de un albacea, en este caso Ferdinando, que se encargaría de dividir mensualmente entre sus dos hijos y la iglesia, un gran porcentaje del dinero que llegaba por las rentas y la pensión de su marido. Unas horas antes de expirar, la anciana modificó su testamento, dejando todas sus propiedades a Josefina, solo si al llegar a la mayoría de edad aún viviera con su padre. De aquella manifestación escrita solo era conocedor el notario, que tenía indicaciones precisas de abrir aquel documento en el caso explícito de que cualquiera de las partes involucradas en él fallecieran, sin importar las circunstancias de sus decesos.

Ya en su lecho de muerte, Lourdes pidió a su hijo, el alcalde, que trajera a Josefina para hablar con ella. Aunque la muchacha se rehusó en un principio a aceptar tal petición debido a las humillaciones y desprecios obtenidos durante toda su vida, decidió finalmente visitarla como un acto de compasión hacia su padre, que se veía sufriendo por la enfermedad de aquella anciana que para ella era tan desconocida. Esa tarde, entró por primera vez a la casa grande de la plaza central donde su padre había crecido. Una enfermera la llevó hasta el cuarto de la moribunda y luego las dejó solas. Al verla allí postrada en su cama, con los ojos cerrados y respirando con extrema dificultad, pensó en todos aquellos momentos de dolor causados por esa mujer altiva, poderosa, llena de soberbia y mirada de odio, que ahora estaba convertida en un despojo del tiempo. Abrió los ojos indefensa, y al verificar que se trataba de la joven, extendió su mano en señal de cercanía, intentando rectificar en unos minutos una vida entera de vejaciones.

—Acércate, por favor —dijo la anciana, señalando la silla de mimbre que estaba a su lado. Josefina caminó atemorizada hacia ella. No sabía qué esperar. Estaba cansada de todos los atropellos causados por la madre de su padre, la extraña a la que nunca llamó abuela, ni siquiera para referirse a ella delante de los demás, la mujer que odiaba a su madre y que jamás la aceptó como nieta, pues pertenecían a una clase social diferente; esa arrogante que la había hecho llorar tantas noches y de la que había recibido los mayores desprecios de su vida.

—¿Me odias? —preguntó Lourdes con seriedad.

—Creo que sí, señora.

—¿Me perdonarías?

Sus ojos emanaban por primera vez destellos de sinceridad mientras miraban a la joven.

—Mi papá me ha enseñado que debemos perdonar siempre, porque de lo contrario seguimos cargando en el alma un costal de sentimientos que pesa mucho y no nos deja avanzar.

—Dame la mano —pidió la mujer.

Josefina accedió, y luego recibió una caricia intensa e inesperada.

—Lamento haber sido una persona indeseable en tu vida. Siento haberme portado tan mal contigo, haberte alejado de tu familia paterna, de esta casa que es tu casa, de las historias de tu abuelo, de los recuerdos de tu padre y, por supuesto, haberme perdido tu niñez, tus primeros pasos, tus risas, tus besos y abrazos. Tú no tienes la culpa de mis demonios internos. Me arrepiento del mal que te causé y agradezco me perdones —Y luego, besó su mano y se quedó dormida.

Josefina la observó por unos instantes mientras el llanto se desplazaba por su rostro y un enorme peso se alejaba de su pecho.

—La perdono, abuela, la perdono —besó su frente fría. Fue la última vez que la vio. Nunca habría imaginado que su cuerpo yacería tan cercano a aquella mujer.

El olor a flores y a césped fresco se impregnó en las ropas de los dolientes.

—Adiós, mi Josefina —gritó su madre frente al gran hueco donde reposaba su cajón. Ante los ojos mojados de todos, cayó desmayada sobre la tierra húmeda del camposanto. El alboroto reinó de nuevo en aquel sitio colmado de gritos y berrinches.

Nadie notó la presencia del Alma en Pena, que observaba todo sentada en una lápida lejana mientras cantaba con voz taciturna una canción de cuna.

5

Esa misma noche, Ágata salió sola de su cabaña en las montañas con rumbo a su vieja casa en la villa. Había preferido no ser vista en los actos fúnebres de Josefina evitando confrontaciones con los dolientes que la culpaban de cada desgracia sucedida. Ignoraba la razón por la que aquella buena muchacha había escogido el patio de su antigua vivienda para terminar con su vida, pero de algo estaba segura, su decisión perjudicaba aún más su imagen y el odio en su contra se haría más fuerte. Mientras caminaba pensó que posiblemente alguien la hubiera asesinado y no tuvo duda de que Ferdinando pudiera estar involucrado, al menos, con la elección de la locación, pero tenía que ser prudente y no acusarlo sin pruebas, además, ¿por qué el cura querría matarla?

Sin respuestas prosiguió su camino mientras la oscuridad la cobijaba de pies a cabeza. Usando un sendero oculto entre la colina que conocía de memoria, llegó a la casa sin que nadie se percatara de su presencia. Algunas luces de la aldea permanecían encendidas, y en las casas cercanas se veía el lejano reflejo de pantallas de televisión sobre las paredes.

Un imponente jardín de hortensias color púrpura adornaba el camino que la conducía a la entrada de su antigua vivienda. Siguiendo su sentido del olfato se arrodilló por un momento y se arropó con el aroma de las flores, tal como lo había hecho desde siempre. Sonrió evocando a quien las había sembrado, muchos años atrás.

"Mamá: he regresado", pensó en silencio y se llenó de nostalgia al saber que su vieja ya no estaba allí para abrazarla y darle la bienvenida. Luego, guiada por su memoria, arribó hasta la gruesa puerta de madera barnizada, tomó la llave dorada que colgaba de su cuello y abrió las dos chapas. El olor a sahumerio invadió el espacio. Intentó no hacer ruido al entrar. El nerviosismo le recorrió la piel y sintió en su estómago el vuelo embriagado de sus mariposas. Las luces estaban apagadas. El silencio absoluto se apoderaba de aquel momento. En puntillas caminó hacia el interruptor de la pared del comedor y, tomándolo entre sus dedos, iluminó la casa.

—¡Sorpresa! —escuchó mientras daba un brinco por el susto recibido.

Las carcajadas de Emilia y Hugo eran contagiosas. La pequeña, vistiendo una falda azul de flores y un saquito bordado para su cumpleaños, se abalanzó a sus brazos, mientras que su esposo sonriente la besó en la boca con ternura y la invitó a sentarse al comedor donde la esperaba una cena especial.

—¿Qué celebramos hoy? —preguntó Ágata, acostumbrada a los detalles espontáneos de su adorado artista. Hugo no contestó, pero bastó su mirada amorosa para comprender que no había necesidad de fechas especiales para hacerla sentir la mujer más importante del planeta.

Desde que se conocieron en la capital, muchos años antes, él había jurado amarla hasta que la vida se lo permitiera, y así fue. Esa noche mientras esperaba la cena, Ágata recordó la mañana en que lo vio por vez primera, y en la que quedó por siempre atada a su vida. Había llegado a la ciudad escapando de su cruda realidad y, al bajar del bus, caminó sin rumbo por una calle iluminada donde pasaban decenas de peatones. En una esquina observó un grupo de personas que rodeaban a un hombre sentado en el piso. Ágata, delgada y ligera, se abrió paso entre el tumulto. Allí estaba él, dibujando con tintas y lápices de carbón, rostros de extraños. A su lado tenía una grabadora pequeña que expulsaba canciones en un idioma desconocido. Del electrónico salía una voz gruesa que entonaba una melodía triste al compás de algunos violines. A pesar de no entender lo que cantaba el extranjero (al que imaginó de pelo y barba blanca, envuelto en un traje negro con corbatín), ella logró sentir en aquel instante cómo las notas la abrazaban y le generaban comezón en sus venas. Luego comprobó con sus propios ojos la enorme semejanza de algunos presentes con los trazos hechos por el artista y que descansaban sobre hojas de cartón alrededor del círculo. Aquel hombre no miraba a nadie más que a la persona que le servía de modelo y, de vez en cuando, cerraba sus ojos mientras seguía dibujando sombras y rayas. Su mano manchada de negro danzaba como una pluma cayendo entre el viento, y de su boca salía una mueca de tranquilidad infinita que la extasió. Los curiosos iban y venían, pero ella permanecía de pie, absorta en el accionar mudo de aquel individuo. Al cabo de varios rostros, se enfocó solo en el del artista. Sus ojos verdes la cautivaron. La tonada de un piano se escuchó y luego cantaron varias mujeres con voces agudas. Esta vez tampoco entendió lo que decían, pero obvió aquel detalle y se enfocó en las lágrimas segregadas por los ojos verdes. Sin entender el porqué, ella también lloró. Quizá fueron las notas depresivas de esas canciones, tal vez se identificó con la soledad de aquel sujeto, o solamente lloraba porque tenía que dejar salir su tristeza acumulada.

Sus lágrimas estuvieron acompañadas de un par de sonidos nasales, logrando sin querer que el artista levantara su vista y la encontrara. Al verla, no pudo evitar acercarse a ella.

—¿Por qué lloras?

Nerviosa, no dijo nada y solo se secó la cara.

—¿Te gusta la canción?

En silencio ella movió su cabeza confirmando la duda.

—Se llama *El dúo de las flores*, es mi ópera favorita.

Qué nombre tan bonito para una canción tan profunda, pensó ella, y de inmediato se enamoró de aquella melodía y de los ojos verdes que le iluminaban su oscuridad y que la miraban como nunca nadie lo había hecho.

—¿Puedo dibujarte?

Aquella fue la pintura que él más disfrutó en su vida. Desde aquel momento, Hugo quedó impregnado con la magia de aquella muchacha. Al escuchar que no tenía dónde quedarse, la invitó a hospedarse gratis en el pequeño hotel en el que trabajaba. Al siguiente día, el artista le propuso trabajar en aquel sitio ayudándolo a limpiar los cuartos y, al cabo de un par de meses, el amor era suficiente para pintar una nueva historia.

Gracias a su talento, Hugo ganó premios importantes como pintor en la capital, logrando obtener contratos que al paso del tiempo lo convirtieron en uno de los artistas más destacados del país. Aceptando la petición de su nueva esposa, decidió comprar una casa en las montañas, muy cerquita de la casa antigua de su mujer, desde donde trabajaría disfrutando la pasividad que ofrecía la naturaleza. Allí crecería la familia, y Emilia se convertiría en su nueva musa.

Ahora pasaban las noches en la casa vieja, sin que nadie lo intuyera.

Los tres puestos de la mesa estaban preparados de manera perfecta. Los platos soperos pintados con diminutas nubes y estrellas descansaban sobre platitos adornados con ribetes dorados que el artista decoró especialmente para su esposa. Emilia, hiperactiva como siempre, corrió hacia la sala y prendió el equipo de sonido. Luego encontró su disco preferido y con una sonrisa pícara hizo que sonara. Un beso a la distancia salió de los labios de Ágata y llegó hasta la mejilla de su hija, quien con su manito le devolvió el regalo.

Bailando al ritmo de una canción de antaño, Emilia miró a su madre y comenzó a cantar la melodía haciéndole una coreografía dedicada y señalándola con su mano cada vez que sonaba un te quiero. El corazón se le inundó una vez más de emoción al sentir tan cerca el amor de su hija. Un te amo susurrado salió de sus labios, mientras la pequeña daba brincos alrededor de la sala y saltaba sobre el sofá de cuero negro que lucía como nuevo. Por un segundo, Ágata quiso contarle a su hija la noticia de Josefina, pero evitando opacar su notable felicidad, omitió hablar de aquel tema. Ya buscaría el momento adecuado para decírselo.

Hugo salió de la cocina vistiendo un delantal rojo sobre su camisa. Entre sus manos llevaba una olla de la que aún salía humo. El olor de la sopa entró por la nariz de Ágata y casi le rozó la lengua.

—¿Crema de verduras? —preguntó hambrienta y con alegría, pues era su comida preferida y le encantaba que su esposo la consintiera de tal manera. Él sonrió complaciente.

Ágata pensaba que no merecía tanto amor. Todo lo que quería en la vida lo tenía en las figuras de

Hugo y Emilia, las dos personas que más amaba en su existencia.

Cargando en sus brazos a su osito de peluche, Emilia se sentó en su puesto del comedor, justo al frente de ella. Tenía los ojos verdes, tan brillantes como los de su padre. Su rizado pelo dorado resplandecía con las luces amarillas de las tres lámparas de techo.

—Sopla que está caliente —dijo Ágata, pero la niña estaba entretenida alimentando a su oso y no prestó atención.

—Gracias, mi amor —le dijo a Hugo—. Gracias por ser tan especial con nosotras. —Él sonrió y en silencio estiró su brazo para acariciar con delicadeza sus dedos largos.

La felicidad abrazaba su existencia. Estar con su familia le llenaba todos los vacíos generados por la indiferencia y el odio ajeno. Ágata había aprendido con los años a filtrar bien los sentimientos recibidos y en este momento de su vida solo le importaban los obtenidos por quienes adoraba.

Cuando la sopa se desvaneció de los tres platos, Ágata tomó en sus brazos a su hija y la invitó a continuar bailando sobre la alfombra de colores que se posaba en medio de la sala. Hugo las miraba con ternura mientras sus mujeres daban vueltas alrededor de la casa y se carcajeaban con todas sus fuerzas. La niña estiró una mano a su padre y los tres se unieron en un abrazo eterno del que solo un peluche sentado en el comedor era testigo.

El artista regresó a la cocina y, en pocos minutos, el comedor estaba servido con manjares que él mismo había preparado. Luego, haciendo gala de su romanticismo, apagó las luces y prendió tres velas en el centro de la mesa. Emilia miró a su madre y con un movimiento cómplice de su cabeza, la invitó a disfrutar de la cena.

—Está todo delicioso, amor —indicó Ágata a su esposo, que poco había comido y se limitaba a mirarla y sonreír. Por su parte, la pequeña se derramaba en besos hacia ella.

—Te he extrañado todo el día —dijo Emilia, entregándose derretida a los brazos de su madre.

—Yo también te extraño cada segundo que no estás conmigo. A los dos. Y ahora les tengo una sorpresa —dijo. Con prisa caminó hasta su cuarto. La cama estaba tendida con un edredón rosado y sobre esta descansaban sus dos muñecas de trapo. Al lado había una repisa de madera con libros y fotos de su madre y de ella misma cuando era una niña. Todo estaba perfectamente limpio y organizado en aquella habitación. Abrió el armario de tres puestos del que sacó un frondoso ramo con flores que había recogido en la montaña, y un par de guantes tejidos para su hija, donde se podía leer su nombre. También había allí un cuadro que había pintado y en donde se apreciaba el rostro de los tres.

—Cierren los ojos —gritó a lo lejos, y luego ambos celebraron los regalos recibidos.

Con prisa, la pequeña se puso sus guantes y, tomando una flor del ramo, la posó sobre su oreja izquierda. Luego, subiendo el volumen de la música inició de nuevo una pequeña celebración que se extendió por varias horas. Bailaron hasta el cansancio.

A pocas casas de distancia, los temerosos vecinos se perturbaban por los ruidos provenientes de la casa del Alma en Pena. Sabían que la vivienda estaba abandonada y que los gritos que de allí salían cada noche eran emanados por los demonios que la poseían.

Septiembre 14
7:11 p.m.

Me dejás sorprendida. He sentido la tristeza de la madre de Josefina en carne propia. No es fácil dejar al ser que amás en un hueco de varios metros mientras te vas de regreso a casa. Y te veo aquí, conectado a todos esos cables verdes y respirando con ayuda de esta pequeña máquina que nos mantiene a ambos con vida, y pienso de manera egoísta que prefiero esto a dejarte en un cementerio frío y desolado. Y es que siempre le he tenido pánico a esos sitios de muertos, donde la tristeza se aglomera y se pierde la ilusión de manera permanente. En cambio, vos siempre has tenido una fascinación poética con la parca, con la siniestra flacuchenta que carga una guadaña en su mano, esa que ha viajado a tu lado toda la vida y que posás en estas hojas con extremo protagonismo. No me gustaría terminar esta vida en un cementerio. Hemos dejado claro por años nuestro deseo de ser cremados y nuestras cenizas enterradas en el patio trasero junto a semillas de naranjas, para que crezca un árbol jugoso que lleve nuestro recuerdo y que esté cerca del árbol de manzanas que amaremos por siempre y que huele a nuestra pequeña princesa.

Esa manera de pasar al más allá me ha propiciado un mejor panorama de la inevitable muerte. Pensar que alguien algún día se sentará en la base de nuestro tallo a leer, a escribir, a descansar, a recordarnos, me llena de tranquilidad. Y ellos jamás se imaginarán que ante aquel tronco de madera yacen dos almas que se amaron junto a versos y frases, dos soñadores que coleccionaron libros y memorias de viajes, que conocieron la felicidad y la amargura en un mismo minuto. Que vieron los ojos de su frágil bebé por instantes, antes de que se cerraran para siempre, que amaron y odiaron sus propias vidas hasta que se dieron cuenta de que el único camino que los llenaba de paz era el más complicado de todos: el recuerdo.

He reído pensando en las dos mujeres chismosas que hilan sacos e inventan cuentos. Me acuerdo de tus tías en la finca de café de la montaña, las dos únicas personas de tu familia que conozco y que poco se parecen a vos. Es más, apuesto a que pensaste en ellas y en sus personalidades encantadoras que tantos problemas nos han causado. Mientras leía, pensaba en mi misión de terminar este libro, y aunque solo he recorrido unos pocos capítulos, ya comienzo a tener un par de buenas ideas. Solo si pudieras hablar ahora, estoy segura de que me dirías: "Aguarda, mujer. Aguarda. Espera un poco, que todo cambia en un minuto".

Es cierto, viejo amado, todo cambia en un minuto. ¿Quién diría que sesenta segundos de dolor pesan más que quince años de felicidad? En un minuto hemos ganado el cielo y también lo hemos perdido todo. Desde esa mañana de abril nos dedicamos a callar en medio del llanto, de los libros, de nuestra compañía, pensando que el dolor disminuía con el tiempo, que tarde o temprano la vida sin ella sería más llevadera, pero qué tan equivocados estábamos. Fueron años y años tratando de sobreponernos a la pérdida de nuestro angelito, de nuestra hermosa princesa, y al final no lo logramos, porque ni vos, ni yo, fuimos suficientes.

Pobre Ágata, aquella mujer tildada de bruja villana por las supersticiones de un pueblo ignorante y sumiso ante las ocurrencias de su sacerdote. Menos mal puede sumergirse en el amor de su esposo y de su hija que se llama como la nuestra. ¿Imaginás a Emilia así de risueña? Yo también la he imaginado de muchas maneras, mi viejo amado.

Me llamarás loca, pero muchas veces, y esto te lo digo como esos secretos de confesión, la he sentido cerca, observándome o guiándome en decisiones que debo tomar. Con decirte que desde que tuviste la lesión cerebral la he visto caminando alrededor de la casa. La verdad, no podría asegurar que se trate de ella, pues, aunque no la distingo con detalle, percibo una silueta resplandeciente que pasa a mi lado con frecuencia, y algo en mi pecho me dice que se trata de nuestra adorada muñequita. Me pregunto si vos también la ves. De pronto está haciéndote compañía estés donde estés, a lo mejor permanece a tu lado, agarrada de tu mano y tratando de que te quedés con ella. Yo le he hablado en muchas noches, le he dicho que no te lleve si no es tu tiempo, que no me deje aquí sola, o que nos lleve a los dos. Quizá la vida será mejor estando los tres del otro lado. Igual sin ella y sin vos, aquí no puede haber ya nada que me motive a seguir.

Su pérdida retumba en la vida con fuerza, ¿no? Por eso en los libros de la repisa negra hemos tratado de hallarla, de contarla, de verla, de sentirla a través de las palabras de otros que de una u otra forma nos la evocaban en sus relatos. Y es que no hay día en que no hayamos dejado de hablar de ella, de imaginarla creciendo, de posicionarla en el colegio, de pensar cómo hablaría, a qué sabrían sus caricias, sus besitos, su llanto. Su partida nos marcó con fuego y las cicatrices nunca desaparecieron. Y vos, mi ángel guardián, nunca me dejaste. Ni siquiera en esos años tan marchitos donde perdí la razón. Allí llegabas cada mañana para hacerme compañía, a ese sitio desolado y frío, y me leías sin parar, sin saber si yo te escuchaba o si los calmantes me alejaban de tu voz. Pero siempre te oí, y el tono de tu garganta fue el elixir que me sacó de aquel profundo pozo donde caí tras su muerte. Y nunca te diste por vencido. Me amaste esos dos años con todo lo que tenías, y a pesar de que pensaste que no me di por enterada, ese amor fue lo que me mantuvo viva. Y ahora sé que no te has ido por la misma razón, porque sentís mi amor, porque sabés que somos inseparables, indestructibles.

Ya tendría veinticinco años. Sería una mujer hecha y derecha, enamorada de su padre, y vos respirando por sus poros. Lo siento tanto, mi pobre viejo. Lamento no haberte dado la oportunidad de ser papá, ese rol que tanto quisiste y que por mi culpa se vio truncado para siempre. Si no hubiera enloquecido, quizá, otro embarazo hubiese llegado, o habríamos adoptado sin problemas, pero claro, después de tener un pasado mental, ninguna organización quiso confiarnos el cuidado de un bebé. Creo que tu libro debe empezar con aquel Ángelus de Benedetti que tanto nos conmueve y que mencionás como dándome una pista, en la misa de Josefina. Quedaría como una pieza de ensamblaje en el lugar correcto.

Y es que ese poema se asemeja tanto a nuestro cuento. De memoria lo conocemos y nos lo decimos muchas veces antes de dormir, como oración gitana que no conlleva dioses ni peticiones. Creo que es mucho mejor así. Irnos a la cama y antes de cerrar los ojos evocar la musa de un grande, o recordar una vivencia que nos duele y nos ayuda a saber que ese sinsabor en el cuerpo entero es la prueba de que seguimos respirando. Déjame susurrártelo de nuevo, viejo adorado, y trata de escucharme con fiereza, porque en mi voz se aloja un vacío más grande que el silencio.

"Quién me iba a decir que el destino era esto.

Ver la lluvia a través de las letras invertidas,

un paredón con manchas que parecen prohombres,

el techo de los ómnibus brillantes como peces

y esa melancolía que impregna las bocinas.

Aquí no hay cielo,

aquí no hay horizonte.

Hay una mesa grande para todos los brazos

y una silla que gira cuando quiero escaparme.

Otro día se acaba y el destino era esto.

Es raro que uno tenga tiempo de verse triste:
siempre suena una orden, un teléfono, un tim'
y claro, está prohibido llorar sobre los libros
porque no queda bien que la tinta se corra".

No quiero embriagar estas hojas con la nostalgia que visto a diario y que transformó mi esencia. Tampoco quiero agobiarte repitiéndote los recuerdos en los que habitamos sin solución alguna, pero es que es imposible no regresar a ellos cuando vos mismo pintás con frases la silueta de nuestra Emilia, su sonrisa que ilumina el día, sus ojitos llenos de magia, esa magia que se acumula entre esas hojas que dejaste para mí como despedida. Perdóname, viejo amado, perdóname por fallarte, por no ser suficiente para vos, por la fragilidad que nos mató a ambos. Me pregunto si te hice feliz, si continuaste conmigo porque realmente te llenaba, o porque ya era muy tarde para comenzar otro rumbo. No intento victimizarme, sabes que nunca he justificado mis carencias y que he aceptado mis errores con sus consecuencias, solo es que viéndote aquí postrado, con tus ojos cerrados y tus latidos débiles, con tu rostro sin expresión y tus pies tibios, que me he puesto a pensar en mi futuro incierto. ¿Qué va a ser de mí si te vas? ¿Crees acaso que tendré fuerzas para abrir de nuevo otro libro? ¿Para levantarme de cama? La vida es tan corta, pero el dolor tan largo, que no bastará la realidad para superarlo. Ahora me sumerjo en tus páginas para ayudarme a sobrevivir, pues ellas son la luz en esta oscuridad que cada vez se hace más grande. Aquí sigo a tu lado, agarrada de tu mano, inmersa en tu historia, esperando el milagro que no llega, en el que ya no creo.

6

El sol brilló. Muy temprano Aurora Andrade llegó a la alcaldía acompañada por Teresita Mesa, quien más que una jefa era su protectora desde que estaba muy pequeña, además su madrina de confirmación. El alcalde y su esposa ya las esperaban en su oficina.

—Siéntense, por favor —ordenó el mandatario con una seriedad que parecía de regaño y que se le incrustaba en los ojos. Un momento después el padre Ferdinando llegó furibundo. Detrás de él caminaba el inspector de policía cargando en sus manos un par de hojas, las que dijo eran el expediente del caso de la difunta.

—¿Enamorada de quién? —preguntó la madre de Josefina sin ni siquiera saludarla. Sus ojos rojos orbitaban en dos grandes bombas de piel y su voz aletargada reflejaba la cantidad de calmantes ingeridos.

Con la voz quebrantada, Aurora les contó que meses atrás, mientras iba a tomar lecciones de piano, su mejor amiga había conocido en un pueblo vecino a Lucas, un muchacho que iba a la misma escuela musical. Llevaban ya muchas semanas de novios. Les dijo que este la visitaba algunos jueves en la tarde, pero que por miedo a que le prohibieran verlo, no se había atrevido a contarles nada.

—Creo que yo era la única persona que sabía de ese romance —indicó, y añadió que jamás lo conoció, pues Josefina prefería verlo a solas, aunque sí había visto algunas cartas que el joven le escribía.

Aurora confesó susurrando que Lucas le había propuesto varias veces escapar con él después de la navidad. Sin evitar el llanto aseguró que estaba convencida de que no se suicidó porque estaba feliz y, suplicó que la perdonaran por no haber dicho nada, pero era un secreto confiado por su mejor amiga, a quien había jurado fidelidad.

La cara del alcalde se transfiguró. No le cabía en la cabeza que su Josefina estuviera enamorada a tan corta edad. Por un momento, los celos que sintió fueron más fuertes que el dolor de su partida. Su esposa lo abrazó y juntos se llenaron aún más de lágrimas.

—¿Y Remo Estirado? Todos sabemos que estaba enamorado de mi hija.

—No, alcalde, a ella no le gustaba Remo. Aunque él se le había declarado en varias ocasiones, ella solo lo miraba como un amigo; además, don Fermín le tenía prohibido que la viera, y no tengo idea del porqué.

En ese momento, la madre de Josefina palideció e, interrumpiéndola, preguntó:

—¿Por qué estás tan seguro de que mi hija se mató?

El inspector, transpirando su camisa verde de manga corta, explicó que el cadáver no tenía señales de violencia y que la confesión que la jovencita había hecho al sacerdote semanas antes corroboraba su argumento.

—Si alguien la hubiera ahorcado, por lo menos, ella habría tratado de defenderse. Nadie escuchó gritos, ni hay indicios en su cuerpo de que se haya enfrentado a alguien.

El alcalde exigió que se abriera nuevamente el caso y que se localizara a Lucas. Exigió también que investigaran a Remo Estirado y que se llamara a Ágata Quintero a testificar, al fin y al cabo, su hija había muerto en su predio.

—¿Recuerdas algo más? —preguntó el mandatario a Aurora.

La muchacha se mordió la lengua. Cerró los ojos y tragó aire, tanto que se ahogó con él y comenzó a toser. Teresita y la mujer del alcalde la observaban expectantes.

—Sí, hay algo más. Lucas le pidió a Josefina que no confiara en el padre Ferdinando. Dijo que era un hombre peligroso que nos miente a todos.

—Mentiroso, mentiroso —dijo Biri biri con una sonrisa, mientras seguía sentado en el piso jugando con unos palos encontrados en la calle.

—Cállate —gritó el cura. Con el rostro rojo y arqueando más que de costumbre sus cejas pobladas, el sacerdote no aceptó tales acusaciones. Enfurecido, golpeó con su mano deforme el escritorio que tenía a un lado.

—¡Blasfemia! Quiero hablar ya mismo con ese tal Lucas y que me diga en la cara en qué he mentido. Te exijo que lo traigas aquí. Lo demandaré por injurias —gritó a su sobrino, llenándole la cara de babas.

La contagiosa tos atacó también a Teresita. Cada vez que se ponía nerviosa su tráquea se cerraba y comenzaba a sudar. Pensaba que aquel muchacho desconocido podría conocer algunos secretos de Ferdinando, y solo esperaba que ella no estuviera inmersa en ellos.

—No me importa en dónde diablos está el Lucas ese. Lo quiero frente a mí tan pronto como sea posible —indicó el alcalde a su inspector de policía, quien sin chistar se dispuso a aceptar las órdenes recibidas. Con sus pasos torpes salió justo detrás de Ferdinando, sin saber qué hacer para encontrar al joven al que todos querían ver.

—Hay algo más que debería saber, pero, por favor, que nadie se entere —dijo la muchacha a la madre de Josefina, mientras esta volvía a sentarse en el sofá de paño amarillo.

Aurora cerró la puerta. En la oficina solo quedaban ellas dos y una foto de su amiga difunta junto a Max, el perro que le sobrevivía y que la acompañó desde que tenía doce años. En silencio, tomó aquel retrato en sus manos y miró de nuevo los ojos de su cómplice. La sonrisa de Josefina era tan vívida que por un instante pudo escucharla muy cerquita. Arrimó la imagen a su rostro y la besó con profundo amor.

—Lamento tener que decirle esto, señora, pero Josefina estaba embarazada.

Llevándose una mano a la boca, la mujer se estremeció al punto en que su piel se llenó de pequeñas aureolas de frío que también se posaron a lo largo y ancho de su alma.

Antes de recibir nuevas preguntas, le dijo que tenía un poco más de dos meses, y que por tal razón estaba tentada a irse lejos con el padre de su criatura. Añadió que Josefina pensaba contarle justo después de la fiesta, y le suplicó, además, que no le dijera nada al alcalde. Así lo hubiese querido ella.

El llanto de esa mujer era el más triste en la historia del pueblo. Desconsolada tomó la foto de su hija y la abrazó llenándola de besos y acariciando con su dedo el vidrio opaco del retrato.

A partir de ese momento, la madre de Josefina desconfió de todos en el pueblo. Tenía la convicción de que su hija había sido asesinada y, aunque ignoraba las razones, estaba decidida a llegar al fondo del asunto hasta que el culpable pagara por aquellas tres vidas arrebatadas, la de Josefina, la de su nieto y la suya, pues ahora estaba muerta en vida.

7

En medio del torrencial aguacero de las tres de la tarde, la rubia Bondades entró al banco El Machete. Lucía un vestido verde apretado que dejaba ver su voluptuosa figura. Mojada por pedazos, cerró el paraguas y se sacudió un poco, dejando a su paso gotas de lluvia sobre el piso de baldosa blanca que relucía como si lo acabaran de brillar. Dentro del pequeño establecimiento solo estaba una cajera que, ante la soledad de la tarde, llenaba un crucigrama con plena concentración.

Bondades le sonrió, pero ante su pasividad delirante se dirigió a la oficina privada de Fermín Estirado. Sabía que aquel viudo ricachón había dado órdenes explícitas de dejarla pasar en cualquier momento. Sin necesidad golpeó dos veces la puerta y, sin esperar, la abrió despacio y asomó su cabeza, preguntándole si estaba ocupado. Fermín cerró con nerviosismo una revista pornográfica que veía y la mano que tenía bajo la mesa se elevó por el aire, dándole la bienvenida.

—Entre, por favor, Bondades —dijo el hombre, poniéndose de pie. Una pequeña erección se le notaba en su pantalón gris. —¿Cómo puedo ayudarle? —preguntó gagueando, mientras que de su rostro rojo se desprendían unas ligeras gotas de sudor.

El plan de la rubia estaba maquinado con anterioridad. Necesitaba dinero para comprar un auto. Ya no quería montar más en los buses viejos de aquella locación, especialmente ahora que comenzaría un curso de repostería en la ciudad, a treinta minutos de su vivienda.

—Le pagaré una vez inicie mi propio negocio y comience a generar ingresos. Se lo juro por mi madre —dijo Bondades, pero Fermín sabía que la madre de su antojo estaba muerta y que probablemente ella jamás le pagaría, aunque poco le importaba. Los ojos regordetes de aquel hombre se caían con frecuencia en dirección al escote de su visitante, puesto allí de manera intencional. No era la primera vez que Bondades le pedía dinero, tampoco la primera vez que quería obtenerlo sin tener que dar algo a cambio. La rubia sacó de su cartera una cucharita y luego un pequeño pastel envuelto en papel aluminio. Le dijo que le había preparado aquel postre aprendido en la inducción de sus clases, y que le prometía que cada vez que le enseñaran algo nuevo, él sería el primero en probarlo.

Usando sus artimañas, partió un pedazo del pastel y llevó la cuchara a la boca de su víctima.

—Está delicioso —dijo él con dificultad. Luego, Bondades comió con la misma cuchara un poco de la crema con la que había decorado aquella tarta, dejando rastros sobre la comisura de sus labios carnosos. Los ojos negros de la mujer se posaron en la sudorosa cara de su anfitrión y, jugando a su favor, sacó su lengua con suavidad y lentamente se limpió la boca. Con un pañuelito, Estirado secó su frente que hervía como el resto de su cuerpo enorme. Las rodillas le temblaban bajo su escritorio, de solo imaginar a aquella mujer sobre su cama.

—Es mucho dinero. ¿Tiene algún fiador que se comprometa a respaldarla?

—¿Duda de que le pagaré? —atacó ella de manera cínica. Sabía que no había nadie que se comprometiera financieramente con su deuda, primero, porque no poseía nada de valor para garantizar el pago de esta y, segundo, porque tenía fama de mala paga. —No es mucho para usted, además piense que está haciendo una inversión para el futuro de nuestro pueblo. Quizá podríamos ser socios—. Pero Fermín no estaba convencido. Sería la quinta vez que le daría dinero sin obtener nada a cambio, nada.

—Le propongo algo —dijo él—. ¿Qué tal si lo hablamos con más calma en un almuercito en su casa? —Bondades no tenía opción. Haría un sacrificio extra con tal de obtener el carro que necesitaba para transportarse sin que el maloliente chofer del autobús la estuviera cotejando e invitándola a salir.

—Me parece bien. Lo espero mañana a mediodía. Prepararé un pollo en salsa que me queda como para chuparnos... los dedos —dijo coqueta. Luego caminó hacia él y le estampó un beso babeado en una de sus robustas mejillas. Fermín quedó estático. De nuevo su pantalón se apretó y sus manos temblaron. Sin decirle nada observó las gruesas caderas de Bondades que se contoneaban al momento de salir de su oficina. La puerta se cerró ante la mirada perdida del ricachón. Aun sudando, el hombre abrió un cajón de su escritorio y sacó una foto en la que se veía a una mujer en ropa interior sentada sobre su cama. Fermín miró la imagen con detenimiento y, pensando en Bondades, se metió una mano dentro de su pantalón y comenzó a acariciarse, imaginando lo que podría hacerle en pocas horas si la suerte jugaba a su favor. Cerró los ojos y dejó darle rienda suelta a la satisfacción del momento. Sin esperarlo, la rubia Bondades regresó a la oficina sin anunciarse. Llovía a torrenciales, y pensó que podría esperar allí un poco mientras le preparaban un café. Al entrar, Fermín saltó en su silla de cuero, dejando al descubierto sus calzoncillos apretados a medio poner. La foto que tenía sobre su escritorio cayó al piso. Incrédula, Bondades aceleró su paso, se agachó y recogió la imagen. Su rostro palideció.

—¿Es esa la madre de Josefina? —dijo casi sin voz.

Estático, aquel hombre quiso morirse. Por primera vez los colores rojizos de su cara habían desaparecido y ahora su fantasma se asomaba. ¿Cómo explicarle que duró más de veinte años amándose en secreto con la esposa del alcalde? ¿Le creería si le contara que la relación había terminado años atrás por petición de aquella mujer? ¿Cómo evitar que Bondades hablara y se creara un escándalo de proporciones mayores e incluso fuera acusado de la muerte de la joven?

—Todo tiene una explicación. Lo juro por mis hijos.

Pero Bondades, sin escrúpulos, comenzaba a pensar en los beneficios de aquella información.

—No me tiene que dar explicaciones —la mirada le había cambiado.

—¿Cuánto necesita para el auto?

—Por ahora tres veces más de lo que mencioné antes, solo por ahora. ¡Ah!, y olvídese del pollo en salsa.

Luego salió una vez más, ahora con una sonrisa amplia que iluminaba el día opaco.

8

"Acababa de cumplir veinticuatro años y recibía de la vida todo y más de lo que esperaba: dinero, salud, belleza, prosperidad, además, amaba a un hombre que también me amaba, aunque nadie pudiera saberlo. Comenzamos a vernos en privado una mañana de diciembre cuando vino a mi casa a recoger fondos para organizar la navidad en la iglesia. Desde que lo vi por vez primera, siendo solo una niña, me pareció un hombre diferente y, a medida que crecía me fui enamorando secretamente de él. Su calma y sabiduría me invadían la mente, además su aspecto misterioso generaba diferentes sensaciones en mi cuerpo que, con el tiempo, fueron materializándose.

Cada vez que lo veía quería lanzarme a sus brazos y besarlo. Creo que era tanto mi deseo que él, usando su inteligencia e intuición, se dio cuenta. Ese día dio el primer paso. Desde la muerte de mis padres he vivido sola en la gran casa donde me crié, en la calle Suspiros, que es mi mundo. Y es tan gracioso y a la vez irónico que precisamente en esta calle emití mis primeros suspiros, el del primer beso, el del placer, el del adiós, el de la soledad, y ahora, sentada aquí, al lado de esta ventana que me muestra las montañas oscuras, no puedo evitar suspirar por el dolor y la decepción.

Esa mañana me miraba distinto, con una malicia ingenua que me encantaba. Yo sabía que la donación que pedía era solo una excusa para verme a solas. Lo invité a pasar. Fui a la cocina a prepararle algo de comer, y él me siguió. Me dijo que me veía muy linda y el halago me sacudió por dentro. Pensé en ese momento que si me decía otra frase bonita, la que fuera, le daría un beso. Siempre tan sagaz, tan elocuente, tan fuerte, tan hombre. Estoy casi segura de que leyó mis pensamientos, percibió mi temblor interno, mi fuego, y por eso dijo que mi vestido le recordaba una buena época de su vida. Entonces tomé sus palabras como la señal que necesitaba y, sin pensarlo, lo abracé con fuerza y lo besé apasionadamente.

Con mi fervor en lo más alto, lo arrastré hacia mi cuarto y le pedí que me hiciera suya y se olvidara del mundo. Él no se resistió. Sacié todos sus antojos, sus peticiones más extrañas, esas que ni sabía que podrían existir. Fuimos hombre y mujer por horas, fuimos suspiros.

De día lo amaba en la iglesia y en las noches en mi cama. En ese instante juré que le entregaría mi vida, y así lo he hecho desde entonces. Por muchos años me sentí amada, importante, no solo por mi nivel social, sino por tener a mi lado al hombre que nadie más podía tener, al ser prohibido".

Teresita miró el reloj de pared. Eran casi las tres de la mañana y no podía dormir. El fantasma que la perseguía era el culpable de las memorias que escribía como desahogo y que quemaba antes de regresar a su lecho. Bebió lo que quedaba en la copa y continuó con su relato.

"Mi vida era un sueño, llena de sentido, de magia. Pero como mi padre siempre dijo, vivir es lo más parecido a administrar un negocio, y una mala decisión puede llevarte a la quiebra en cualquier instante. Pues así sucedió. Mi quiebra, la del alma que es la que más duele, comenzó el día en que me enteré de que crecía dentro de mí el fruto de ese amor secreto. No puedo negar que la idea de ser madre me llenaba de alegría, de esperanza, pero a la vez el hecho de pensar que el padre de mi criatura no podría estar siempre a su lado, me llenaba de terror. Ingenuamente pensé que al conocer la noticia colgaría el hábito y comenzaríamos nuestra propia familia. Sabía de las implicaciones a nivel social, pero mi dinero sería suficiente para irnos lejos sin que nadie nos juzgara. Le conté todo a Julia, mi mejor amiga, mi confidente, la mujer que había pasado la vida entera a mi lado,la hermana que nunca tuve. Ella vivía con su pequeña hija muy cerca de mi casa y me ayudaba a administrar los negocios que dejó mi padre. Me dijo que no le contara nada a él porque me decepcionaría con su respuesta. No le creí hasta que lo vi esa tarde y le pregunté cómo sería su vida con un hijo. Su reacción me apuñaló el alma. Me dijo que nunca aceptaría algo así ya que su misión de vida era con la iglesia. Enojado por mi comentario me advirtió que nunca tratara de atraparlo con una idea como esa, pues llegaría hasta las últimas consecuencias si le tocaba hacerlo".

El llanto se asomó en el rostro arrugado de aquella mujer. Era inevitable que no sufriera por esa parte oscura de su existencia. Prendió su segundo mentolado y lo aspiró con letargo. Luego sirvió más vino.

"Asustada por lo que pudiera pasar con mi embarazo, y siguiendo los consejos de Julia, viajé a una ciudad cercana donde vivía su tía Consuelo. Allí pasaría mi gestación sin que nadie me juzgara, y lo más importante, sin correr riesgos. Luego regresaría al pueblo con mi bebé, y ocultaría la identidad del padre. Ya inventaría una teoría que nadie pudiera comprobar, igual no sería la primera ni la última mujer en este pueblo que es madre soltera.

Anuncié a mis amigos y conocidos que tomaría unas clases de administración fuera de la villa, y que Julia quedaría al mando de los negocios. Ferdinando, al igual que todos, creyó mi excusa. En casa de Consuelo me alojé unas semanas hasta que renté una casita al pie del lago. Era un ensueño de lugar que me brindaba tranquilidad absoluta. Me enfoqué solo en mi bebé, en alimentarme correctamente, en hacerme los chequeos médicos, y en saber que venía bien.

Los meses pasaron más rápido de lo que recuerdo. El día de mi parto fue el más triste de mi existencia. Desearía tener las agallas suficientes para no quemar estas hojas que ahora escribo, y que todos conozcan la verdad, pero aún tengo deudas por pagar, y por eso es que estas, mis frases de dolor, quedarán convertidas en cenizas, y mi alma seguirá quemándose en el infierno de mi memoria. Faltando dos meses para traer a mi bebé al mundo, resbalé cerca al lago y caí sobre mi estómago. El golpe fue seco, fuerte, y supe de inmediato que podía pasar lo peor.

Llegué al hospital acompañada de Consuelo que, durante todo el proceso, me brindó su ayuda. Los dolores eran aterradores, pensé que moriría. Lo único que me importaba era que mi bebé estuviera a salvo. Sangrando fui llevada a una sala de cirugía".

Teresita dejó de escribir. Su mano temblorosa no podía continuar. Aquello le significaba revivir ese momento traumático sin evitar sentir lo mismo, esa rabia, esa ira, esa estocada en el pecho que la mataba lentamente. Se limpió los ojos con el antebrazo y pensó en Julia, su amiga del alma, la mujer que la traicionó.

—Mi bebé, mi pobre bebé —se dijo sonando sus mocos y tomando una bocanada de aire mentolado. Prosiguió.

"Todo era confusión. Entre el desespero de los médicos y mis quejidos, era difícil saber qué pasaba. Luego sentí que me cubrieron la boca y la nariz con una careta de la que salía un gas desconocido. Antes de quedarme dormida vi a Ferdinando y a Julia en la sala, aunque ellos siempre lo negaron. Alucinaciones, fue lo que dijeron, cada uno por su lado.

Al despertar todo fue oscuridad. Ya no tenía a mi bebé en mi vientre. Me la habían sacado, dizque intentando salvarnos a ambas. Un médico se arrimó a mi cama y me dio la peor noticia de mi vida, me dijo que la bebé no había sobrevivido. Perdí mis estribos, sé que jamás los recuperaré. Siento que mataron a mi hija, a ese pedacito de mí que nunca pude ver. Caí en un estado de rabia tal que me tuvieron que sedar por cuatro días. Al despertar me dijeron que ya mi bebé había sido enterrada. Jamás la vi, jamás la tuve entre mis brazos, jamás la pude besar, decirle que la amaba, que la necesitaba, que me perdonara. Jamás me dieron esa oportunidad y por eso los odiaré toda la vida, y si vuelvo a nacer, los seguiré odiando.

Solo un mes más tarde, mientras Julia me cuidaba en la casa del lago, escuché por equivocación una conversación telefónica con el padre de su hija, al que le pedía dinero. Yo sabía bien que Santiago se había ido del pueblo años atrás, por lo que me sorprendió que la estuviera llamando a la casa del lago. Julia gritaba insultos por el auricular a aquel hombre. Con curiosidad y, sin que ella se diera cuenta, levanté el teléfono de mi cuarto, cuando escuché la voz de él, diciendo que jamás respondería por esa niña ni por ningún hijo que tuviera, y que mucho le había advertido que lo mejor era abortarlo. Dijo que no arriesgaría jamás su reputación por hijos indeseados. No podía creer lo que escuchaba. Era la voz del mismo Ferdinando".

Teresa recordó cómo el teléfono se le cayó de la mano y quedó sumida en un estado absoluto de desconfianza ante él y Julia. Nuevamente comenzaba a pensar que la imagen que vio en la sala de cirugía era cierta y no el producto de su imaginación por la anestesia, como se lo habían hecho creer.

Con ligereza se puso de pie y abrió la ventana. El frío del amanecer se incrustó en el cuarto. Ahora sus ojos ya no estaban tristes. Encendió un fósforo, prendió las dos hojas de papel donde había escrito y las arrojó por la ventana como lo hacía siempre.

En medio de la calma y el silencio del amanecer, observó su confesión perdiéndose en el aire mientras una fina humareda negra se elevaba hasta la cúpula de los árboles de su patio trasero. Caminó hasta su armario y de un cajón sacó un álbum de fotos familiares. Al final del libro aparecía ella abrazada con Julia. Ambas sonreían celebrando un buen momento muchos años atrás. Al lado de la imagen, un recorte de periódico conteniendo su foto decía: «Encuentran cadáver de mujer ahogada en el lago».

9

El alcalde y su inspector de policía emprendieron la búsqueda de Lucas, el novio de Josefina y pieza clave en la investigación sobre la muerte de la joven. No les fue difícil encontrar su información pues sabían que estudiaba en la misma escuela musical, en el pueblo cercano. Lucas, de veintitrés años, no había regresado a sus clases de guitarra desde hacía cinco días, tiempo que coincidía con el deceso de la muchacha. Al llegar a su residencia fueron atendidos por su madre, una enfermera que trabajaba en el hospital de la comarca. Aún tenía puesto su uniforme verde claro y un gafete en el que se leía su nombre.

Al escuchar sobre la identidad de aquellos hombres, Matilde los invitó a seguir a su apartamento. Allí les explicó que su hijo estaba internado en el hospital con una fuerte crisis nerviosa, desde que se enteró de la muerte de su novia.

—Lo lamento mucho —mencionó aquella mujer al padre de Josefina, indicando que no tuvo la suerte de conocerla en persona, pero que su hijo hablaba de ella con frecuencia.

—Entenderá que es importante que hablemos con él para clarificar muchas dudas —dijo el inspector, motivado por la advertencia de no confiar en Ferdinando, hecha por aquel muchacho a su amada.

Matilde les explicó que el parte médico arrojaba un trastorno de estrés postraumático que había generado la descompensación física y mental de su hijo. Vómitos y desmayos se presentaron durante las primeras veinte horas después de conocer la noticia. Les dijo que llegó a pensar que su hijo había perdido la razón debido al impacto de la tragedia, pero que los doctores indicaban que el trance era pasajero, aunque podría durar meses, e incluso años.

Dijo además que su hijo conoció la noticia de manera abrupta a través de la maestra de música, quien desconocía que ambos mantenían una relación sentimental. Su primera reacción fue salir corriendo hasta el pueblo donde Josefina vivía, pero en la mitad del camino cayó desmayado y fue encontrado por algunos pobladores que lo llevaron al hospital en estado de inconsciencia.

—Desde entonces ha sido sedado evitando que le sigan dando los fuertes ataques de pánico que ya ha experimentado.

El alcalde, haciendo uso de su letargo, le pidió que lo llevara hasta el cuarto de Lucas, pues quería tener la oportunidad de hablar con el joven y preguntarle sobre su adorada hija.

Con la aceptación de su madre, y tras terminar un café caliente, los tres partieron hacia el hospital en el Jeep de la alcaldía.

—¿Es su único hijo? —preguntó el alcalde, visiblemente confundido.

—No, señor. Tengo una hija mayor que él. A ella la adopté dos años antes que a Lucas.

—¿O sea que Lucas no es su hijo?

—No soy su madre biológica si a eso se refiere. Nunca pude quedar en embarazo, pero sí soy su madre, la única que él conoce.

—Entonces, ¿él no lo sabe?

—Claro que lo sabe. Jamás le ocultaría algo tan importante. Siempre he creído que debemos ser sinceros con los hijos para que ellos lo sean igual con nosotros. ¿No piensa lo mismo?

El alcalde bajó la mirada. Nunca había tenido una relación muy cercana con su hija y, a pesar de que la cuidaba y le brindaba todo lo que le pedía, en ningún momento tuvieron conversaciones profundas sobre sus propias vidas. En silencio, el mandatario analizó los últimos años de la vida de su Josefina y, con vergüenza y dolor aceptó la carencia de unión entre ambos. Mientras el auto avanzaba hacia la clínica, el hombre comprendió que la desconocía por completo. No sabía que tenía novio, y esta no había tenido la confianza para contárselo a él o a su madre. Ignoraba por igual los gustos de su pequeña, sus aspiraciones, sus sueños, sus pasiones, su visión de la vida, de la política del pueblo, de su trabajo como gobernante. Nunca le había hecho esas preguntas, pues nunca le había parecido relevante lo que ella pensara. Se limitaba a saber que estaba bien y que le proporcionaba lo que ella necesitaba, lo que pedía a través de su madre.

—Nunca la conocí a fondo —dijo con un nudo en la garganta, y los ojos se le tornaron agua.

La mujer apretó suavemente su brazo y le brindó un gesto de compasión, pensando que era muy probable que aquel hombre ni siquiera supiera que iba a ser abuelo.

Lucas permanecía dormido. Los sedantes aun le hacían efecto. Una fotografía de su novia permanecía medio empuñada en su mano derecha. Su corta edad no era un impedimento para amarla con locura, aunque las ilusiones de ser padre se habían desvanecido sin explicación. Su madre se acercó al lecho y lo besó en la frente.

—Aquí estoy, mi amor, y siempre estaré aquí, cuidándote.

—¿Puedo invitarla a un café? —preguntó el padre de Josefina, indicándole a su inspector que custodiara la habitación en caso de que el muchacho despertara.

—No creerá que mi hijo tuvo algo que ver con la tragedia de Josefina. ¿O sí?

El semblante de aquel hombre era desgarrador. Toda su furia, su frustración, se había transformado en un sentimiento de culpa que le quemaba la existencia. Había pasado los últimos veinte años enfocado en su carrera política, alimentando su ego, sus ansias de poder, su capital y su figura de líder. ¿Para qué? Estaba desesperado.

Ahora se hallaba sumido en un vacío sin retorno. Había perdido lo más preciado de su vida, su única hija, a la que no supo valorar mientras estuvo a su lado. Ya era muy tarde para eso, pero aún podría hacer justicia, ya que tanto él como su esposa estaban convencidos de que había sido un asesinato, y no descansarían hasta hallar al responsable y hacerlo pagar, sin importar lo que tuvieran que hacer.

—Estoy seguro de que Lucas tiene información importante que necesito saber. Presiento que él conoce bien mi pueblo, porque incluso se atrevió a hablarle a mi hija en contra del sacerdote.

—Ay, Lucas —suspiró la mujer, en señal de desaprobación. —¿Se llama Ferdinando?

—¿Cómo sabes su nombre? ¿Qué tanto le conoces?

Nerviosa, Matilde ordenó dos nuevos cafés negros. La mujer le contó que más de veinte años atrás, una mujer proveniente de un pueblo ajeno llegó con siete meses de embarazo hasta el hospital donde ella trabajaba. Debido a un accidente dio a luz a un niño que nació en muy malas condiciones, con riesgo de morir.

—¿Lucas? —interrumpió el mandatario.

—Correcto —contestó ella, añadiendo que aquella mujer había entrado a emergencias debido a un sangrado interno que ponía en riesgo su propia vida.

Matilde le dijo que ella fue la enfermera que asistió el parto y que, mientras la madre estaba bajo el efecto de la anestesia, una pareja de familiares de la paciente arribó al hospital. El hombre dijo estar encargado de la embarazada, que era su hermana. Investido de religioso habló con el doctor de turno para deshacerse de la criatura, o sea, extraerlo y no salvarle la vida.

—La petición fue hecha con dinero de por medio, y créame que fue una cantidad que yo nunca había visto junta en un mismo sitio —dijo ella—. En un principio el médico aceptó la oferta, pero al momento de llevar a cabo el procedimiento, se arrepintió. Ya con el dinero en su bolsillo me propuso hacerme cargo del bebé, e incluso me dio la mitad del efectivo para que no le faltara nada. Solo había una condición de por medio: Nadie debía saber que aquel infante había sobrevivido, ni siquiera su propia madre. Y así fue. Con tal de salvaguardar la vida de Lucas, fingimos que había muerto, y hasta osamos enseñarle al cura y a su acompañante el cuerpo de una niña que por desgracia había fallecido en horas de la mañana en un cuarto contiguo. Ya cuando la madre despertó, varios días más tarde, se le dijo que la bebé había muerto y ya estaba enterrada. Ella nunca se enteró de la verdad, y yo preferí callar, pues no quería perder a mi hijo.

—¿Estás hablando de Ferdinando?

Matilde afirmó en silencio con un movimiento sublime. Le contó además que el bebé había permanecido en el hospital en una incubadora por casi seis meses y que, en muchas ocasiones, se vio a punto de morir. —No sabemos cómo sobrevivió, pues estaba muy enfermizo y débil, pero lo hizo, y hoy es mi hijo —señaló. Luego, preocupada, le dijo que lo peor de todo era que Lucas se había enterado de que aquel hombre había intentado matarlo antes de ver la luz.

—Yo nunca me atreví a contarle esa historia, pero un día, no hace mucho tiempo, y debido a que mi hijo estaba portándose muy mal conmigo, el médico que recibió el dinero pensó que lo mejor era que supiera que si no fuera por mí, él estaría muerto o abandonado por ahí en la calle.

La mujer dijo que desde aquel momento su hijo se había dado a la tarea de encontrarlo, y aunque ella pensó que era solo un capricho que no llegaría a ninguna parte, él se obstinó y descubrió que se trataba del padre Ferdinando. Lo que no esperaba su hijo era enamorarse de Josefina, hecho este que lo hizo cambiar de parecer y enfocarse de lleno en ella, incluso olvidando su obsesión por confrontar al sacerdote.

—Su hija cambió la vida de mi Lucas, no imagina de qué forma. Pero ahora, con su muerte, no creo que él se recupere del todo —dijo ella, comenzando a sollozar. El alcalde estaba atónito. Cientos de dudas circundaban su cabeza.

Agobiado por la información, cuestionó la veracidad de aquel relato, pero la enfermera comprobó la identidad de Ferdinando con los documentos firmados por él y en los que se hacía cargo de su hermana, una tal Teresa.

—Mierda —dijo el alcalde, y sin decir nada más, se despidió y se marchó a su pueblo.

Comenzás a inquietarme con la historia de Teresa y
su hijo perdido. De alguna manera la asimilo como propia
y veo que mezclás rasgos de nuestras vidas en varios de
esos personajes que se hacen conocidos. No es justo que
una madre viva engañada con la suerte de su bebé, que
es lo que más se quiere en la vida. Nosotros sí vimos a
la nuestra cerrar sus ojos, y transformamos ese inmenso
dolor en la esperanza que nos brinda el manzano que nos
cobija con su sombra cotidiana. Hace un rato, mientras
leía en voz alta la carta que Teresita escribe en su
desvelo, tuve un agudo malestar en el pecho y, por primera vez desde que me dan estas estocadas, no hice nada
al respecto, ni siquiera sentí nerviosismo. Vos siempre
corrés asustado a traerme una aspirina y un vaso de agua,
y me decís que respire profundo, que me calme, que todo
estará bien y es solo un viento que tiene que salir por
alguna parte. Sabemos que mi corazón tiene una malforma-
ción de nacimiento, pero si ya he llegado a esta edad sin
mayores contratiempos, pues me doy por bien servida con
el músculo, y más ahora que me invade el cinismo crónico
y en donde poco me importa lo que suceda aquí o alrededor. Si es el momento de morir, bienvenido sea. Pareciera
que anhelo la muerte por momentos, que quisiera liberar-
me de esta maldita espera para que amanezca en tus ojos.
Quiero descansar sin tener la presión de la esperanza, y
despojarme de la fe que se agota entre el sonido de ese
monitor al que estás conectado y las rayitas zigzaguean-
tes que mido con mis dedos cada mañana al despertar y en
las noches, antes de darte el último beso de la jornada.
Créeme, mi viejito lindo, que ahora lo único que me preo-

cupa es que yo muera y vos despertés. Ni Julieta y Romeo podrían hacerlo tan estúpidamente bien. Es triste llegar a este momento de la vida donde el cansancio mental, más que el físico, te lleva a pensar tan pasivamente. Hemos viajado por buena parte del globo, hemos visto otras culturas, otras formas de supervivencia. Conocimos otras lenguas, vimos otros rostros, los del hambre, los de la opulencia, los de la guerra, los del fanatismo, los de la pesadumbre, esos que se llenan de pasiones encontradas y que están por doquier, y entendimos que no hay que viajar demasiadas millas para hallarlos, pues están todos muy cerca —incluso en nuestro grupo familiar y de amigos—, y sin ir muy lejos, en tu cara y en la mía. Tropezamos y nos levantamos, siempre juntos, ayudándonos el uno al otro a dar pasos cuando nuestras piernas ya no respondían. Tampoco es que haya sido todo un jardín de rosas, lo sabés muy bien, pero con mis peros y mis faltas, "tus mal genios" y silencios, nuestras sombras tan oscuras, y a pesar de la distancia que recibimos de algunos, siempre salimos avante y llegamos a la meta, aunque no era la que ninguno de los dos imaginaba. Leo tu manuscrito muy despacio, intentando estar presente en medio de todos ellos, de tus personajes casi reales, y trato de imaginarme cómo lucen, qué llevan puesto, qué quieren de la vida, si me conocen. Pero la verdad es que mis pausas son adrede, pues evito alcanzar la última de tus hojas, la que viene escriturada a mi nombre incitándome a tomar las riendas de un mundo que ya ha sido creado y en el que sus fichas te perciben como un dios que a su antojo y buen criterio, en el mejor de los casos, pone y quita fracasos y sonrisas temporales, y entrega de manera dadivosa protagonismo a seres que ayer no existían y que quedarán por siempre vivos en la mente de quienes te lean, incluso, llegando a ser más trascendentales que muchas personas que para bien o para mal están entre nosotros, aquí, viviendo. Y a veces pienso en medio de mi locura constante, ¿seremos nosotros también personajes de algún escritor que no vemos? ¿Habrá alguien escribiendo una historia donde vos y yo estamos inmersos y en la que le pareció relevante quitarnos nuestra hija, y ahora, le es divertido que padezcamos esta ruptura mental? Pues si es así maldigo su pluma, aún con los placeres recibidos, pero gracias a ella hemos experimentado la agonía inefable que no nos dejó disfrutar esta vida, o esta historia —en el caso de que seamos solo personajes de una obra que desconocemos—.

Pienso que no deberías hacer sufrir a tus personajes. Ya que tienes el poder de la creación en tus manos, deberías en tu historia ser pionero de una justicia que no existió en la nuestra. ¿Por qué condenar a otra mujer a perder a su pequeño? ¿Acaso no debés ser un dios más justo que el que te tocó, y así probar tu teoría evolutiva? No me odiés, mi viejo amado, no te estoy juzgando por lo que has escrito, pero es tanta la furia encarcelada en el alma, que cuando comienzo a emitir llamas de frustración siento que no quiero detenerme y que, en cualquier momento, podría incendiar el planeta con todo este infierno que me quema. Qué mierda es esta vida sin vos, mi viejo; qué grande es esta casa cuando te espero, haciendo monólogos sin libretos, preparando el café que siempre sobra, dándome los buenos días simulando tu voz, solo para sentirme acompañada. Estoy tan cansada de esto, de no rendirme, de pretender que soy fuerte, de tragarme el llanto cuando llaman otros o tenemos visitas, cansada de verte sin que me veas, de esperar con terror tu próximo paso, de imaginar un diciembre sin adornos, de estar aquí hoy, sin ganas de los dos. ¡Vaya final el que estamos viviendo! ¿Será que lo merecemos? Sigamos mejor jugando a ser dioses, a hacer del destino de otros lo que nos venga en gana, de manipular a nuestro albedrío su futuro.

10

Montada sobre un auto nuevo sin capota, la rubia Bondades llegó al salón de belleza donde la esperaba su mejor amiga. Junto a Sarita cursó la escuela superior en la que habían intercambiado algunos novios, incluyendo al padre de los mellizos de la pecosa, el que nunca se responsabilizó de ellos. Ambas vivían en la casita esquinera de dos plantas de la calle Añoranzas, propiedad de la finada vieja Lourdes, madre del alcalde. La vivienda era una de las preferidas por los hombres del pueblo que pasaban por allí con cualquier excusa, para, si la suerte estaba de su parte, poder observar por un momento a alguna de las voluptuosas mujeres. Espejismos, el salón de Sarita y en el que trabajaban juntas, siempre tenía clientes, en especial del género masculino, que pagaban de más por el masaje de cuero cabelludo que las chicas se inventaron para generar mayores ingresos. Uno de los visitantes regulares de aquella peluquería era Fermín Estirado quien, aduciendo que debía lucir impecable por su posición social y su trabajo, buscaba a Bondades dos veces por semana. La pecosa no se explicaba el porqué de la ausencia de aquel hombre en los últimos días, pero la rubia, a sabiendas de la razón, evadía el tema de manera insospechada.

Bondades no podía creer en su buena suerte desde que se enteró del secreto que Estirado debía pagar con creces. No solo se había liberado de las miradas sucias y lujuriosas de aquel hombre sudoroso con el que por necesidad estuvo a punta de acostarse, sino que, además, ahora recibiría un pago semanal por su silencio, pactado ya con su víctima. Al bajarse del carro nuevo no pudo más que pensar en lo irónica que es la vida, pues mientras todos veían al banquero con respeto por su enorme poder económico y social, ella, una simple estudiante de panadería y estilista sin carrera, lo tenía en sus manos gracias a estar en el lugar indicado, en el momento preciso. Bondades sabía que su mina de oro no iba a durar para siempre, y que tarde o temprano el secreto iba a ser conocido, aunque esperaba que aquella información dilatara su camino por al menos un par de meses, tiempo necesario para ahorrar lo suficiente y largarse de una vez por todas de aquella villa aburrida y patética en la que no tenía futuro.

La mujer entró al salón con paso firme y con la confianza que le daba saber que su cartera aumentaba de precio por la donación obligada del banquero. Mantener su secreto era clave en la consecución de su plan, pero la llamita interna que le quemaba las entrañas tenía que ser extinguida, y la mejor manera era contándoselo a su amiga, en la que confiaba, y que también se beneficiaria de aquella relación extramatrimonial. Bondades esperó con impaciencia a que Sarita terminara de masajear al negro Filomeno, mientras este exhalaba una bocanada de placer al sentir los largos dedos de la pecosa sobre su cabeza.

—Hemos terminado —dijo la experta, pero el cartero, sumido en el éxtasis profundo de su costosa frotación, no vaciló en pedir una extensión de cinco minutos, sin importar que el precio se duplicara. Para él, este era el mejor momento de su semana y la única oportunidad que tenía para estar cerca de una mujer tan bella, la que con solo una caricia en sus vasos capilares propiciaba enorme placer en otras zonas de su cuerpo. Enamorado de ella hasta los tuétanos, Filomeno planeaba con dificultad la manera de invitarla a comer un helado, ir al cine, o a tomar una cerveza en la cantina Recuerdos, pero el temor a ser rechazado se apoderaba de él con todas sus fuerzas. Ante la mirada asediadora de Bondades, el repartidor de correspondencia se armó de valor y, al momento de pagar, preguntó a la pecosa si saldría con él, advirtiéndole con claridad que si así lo decidía tenía tres opciones. Luego mencionó el helado, la cerveza y el teatro, esperando dentro de sí que aquella mujer escogiera el helado, que era la más económica de las propuestas. La estilista no esperaba aquella invitación y, sorprendida, llegó incluso a pensar en aceptar ir a ver una película con aquel hombre que a grandes rasgos se veía inofensivo, pero su amiga, intuyendo la que consideraba una errónea decisión, interrumpió su silencio y en el nombre de la pecosa agradeció a Filomeno por aquel gesto, indicando con falsedad que Sarita estaba saliendo con alguien y por eso no era correcto decir que sí. La rubia le dijo además que tanto ella como la pecosa valoraban las agallas que había tenido para invitarla y, antes de que este se marchara cabizbajo, le ofreció darle en la próxima visita al salón un masaje extra totalmente gratis. Con tales palabras, el negro, que en un principio asumió su derrota, sintió que no había perdido realmente nada y, con el orgullo en alto por su valentía y coraje, se marchó en su bicicleta contando los días para regresar por su masaje gratuito, quizá para esa ocasión, el amor de su vida ya no estaría comprometida y disfrutaría con él de un espléndido helado de mantecado. Una vez a solas, la rubia manifestó que tenía un gran secreto que contarle y que se preparara porque muy pronto no tendrían que estar acariciando sin ganas las cabezas amorfas de los campesinos del lugar, pues el dinero les caería del cielo. Bondades, llena de entusiasmo y haciendo gala de su hablar lleno de pequeños detalles, le contó a su amiga paso a paso lo que había ocurrido en el banco días atrás cuando fue a visitar a Fermín y pedirle un préstamo para su nuevo vehículo. La rubia narró con detenimiento la reacción de aquel gordo ricachón cuando esta regresó a su oficina por segunda vez, haciendo énfasis en sus maniobras sexuales mientras miraba la fotografía. La pecosa Sarita estaba tan inmersa en aquel chisme que olvidó cerrar la puerta del salón y no se percató de que tenía una nueva clienta: Pepa Rumores, que al escuchar a las dos mujeres hablando en el cuarto de al lado, intentó pasar desapercibida para poder enterarse de la conversación.

—Y en la foto estaba una mujer en ropa interior que todos conocemos y que ha sido la amante de Fermín por muchos años —dijo Bondades con morbo—. ¿Adivina quién es? —preguntó a Sarita. Mientras tanto, Pepa, llevándose una de sus manos obesas a la boca para no hacer ruido con su respiración agitada, esperaba tras la puerta la conclusión de aquella gran noticia.

—¿La mamá de Josefina? —repitió la mujer, sorprendida por aquella revelación. Inmediatamente, Sara y Bondades salieron del cuartito y encontraron a la menor de las Rumores con la boca abierta y echándose bendiciones. Sin mencionar una palabra más, Pepa salió apresurada de aquel sitio, pues tenía que compartir con rapidez aquel noticionón antes de que otros se enteraran por boca ajena y ella perdiera protagonismo. Mientras corría hacia su casa pensó que la historia se hacía cada vez más interesante, ya que de ser cierta aquella versión de la rubia Bondades, cabía la posibilidad de que Josefina fuera hija de Fermín Estirado y no del alcalde, tal cual lo había indicado siempre la difunta Lourdes.

Su peso la obligó a detenerse a pocos metros de llegar a su casa, necesitaba tomar un respiro. Sudorosa y agitada, sintió lástima por el alcalde que, no solo tenía que padecer el sufrimiento por la pérdida de su hija, o al menos la chica que había criado, sino que ahora se enteraría de que su esposa lo engañaba y que tal vez Josefina no era suya. ¿Y si no decía nada? Pensó, teniendo un momento de lucidez donde su consciencia jugó un importante rol, pero poco duró aquella duda sobre callar o no, pues sabía bien que aquel peso en su boca tenía que ser expulsado a riesgo de morir atragantada con él. Por su parte, la voluptuosa Bondades se daba golpes de pecho por el garrafal error cometido en el salón, donde ni ella ni su amiga pecosa se percataron de la presencia de la peor chismosa que había puesto un pie sobre la faz del planeta, la gorda Pepa Rumores, a la que quería ahorcar con sus propias manos antes de que moviera su lengua vituperina y el mundo entero se diera cuenta del secreto que arruinaba la vida lujosa que había imaginado.

—¡Maldita chismosa! —dijo Bondades, sabiendo que acababa de matar a la gallina de los huevos de oro, y que estaría inmiscuida en un problema de proporciones mayores con el alcalde.

Ágata Quintero había pasado la tarde entera llorando sobre su cama. La imagen de Josefina colgada en aquel árbol le invadía el corazón y le recordaba la muerte que tanto estrago había causado en su vida. Le fue fácil acordarse de los años cuando Josefina jugaba junto a su Emilia en el mismo patio donde terminaría su existencia.

La recordaba tímida, temerosa de tomar riesgos, muy decente y un poco retraída. Pensó en la mañana en que las dos menores montaban en el balancín de madera que Hugo había construido para su hija. Aquel juego tenía en sus extremos dos sillitas que él mismo forró con cojines, para comodidad de las niñas. Debido a que los padres de Josefina no la dejaban ir a las montañas a visitar a Emilia, Hugo y su esposa decidieron llevar ocasionalmente a su hija al pueblo para que jugara con ella.

Emilia se carcajeaba aquel día, pero Josefina gritaba asustada cada vez que subía por el aire. Decía tener pavor a las alturas. Ágata las cuidaba, mientras podaba el césped acumulado y se fumaba un cigarrillo mentolado. De un momento a otro sintió un grito que provenía de ambas chiquillas y al voltear, vio a Josefina cayendo desde lo más alto del juego de jardín. A pesar de reaccionar con prontitud, no pudo hacer nada para evitar que la niña se fracturara el brazo. Desde ese día, su padre, que en ese momento se desempeñaba como comisionado de policía, le prohibió regresar a esa casa, donde anteriormente se quebró un diente por estar corriendo tras Emilia, y en donde, además, él mismo había sido atacado por unas abejas, teniendo que alejarse de sus labores por casi un mes. Aquel hombre siempre manifestó que aquella vivienda estaba maldita desde que el viejo Quintero asesinó con sus propias manos a su esposa, y luego se quitó la vida con un revólver antiguo que solo disparó en esa ocasión. Sin embargo, la amistad de Josefina y Emilia permaneció sólida por algunos meses más, hasta que Ágata y su marido el artista decidieron permanecer en su casa de las montañas y no regresar con tanta regularidad a la villa, pues ya corrían los rumores malintencionados de Ferdinando sobre la falsa identidad de la mujer, a la que le daban títulos demoniacos y juzgaban como bruja. Emilia hizo nuevas amistades en su escuela y, muy pronto, comenzó a tomar clases de pintura y escultura en una ciudad cercana, donde su padre impartía clases en niveles superiores.

Secándose los ojos, Ágata miró el reloj de pared y constató que eran casi las nueve de la noche y que su familia debería estar llegando en cualquier momento. Con la motivación que le daba ver a su hija y a su amado, se puso de pie y caminó hacia la puerta principal. Luego tomó el saquito y la bufanda que estaban en el perchero y salió de su casa bajo una brisa suave. En medio de la noche emprendió el camino hacia su vivienda del pueblo, usando el atajo conocido y dejando que sus pies se resbalaran cuesta abajo por el peñón. Caminaba en la oscuridad como fiera salvaje que no teme a nada, siguiendo sin percatarse las mismas huellas que dejaban sus zapatos cada noche mientras descendía la montaña. Al llegar al jardín principal de su casa, sintió el aroma de los jazmines y saludó mentalmente a su madre, repitiendo su accionar constante. La llave que llevaba colgada de su cuello abrió las dos chapas de la puerta barnizada y entró con prisa, convencida de que ellos ya habían llegado. Sin quitarse los zapatos embarrados con tierra y fango húmedo, se dirigió hacia el cuarto que un día fue suyo. Allí estaba Hugo, sentado sobre la cama, acariciando el rostro de Emilia mientras le cantaba suavemente 'El Alouette', una cancioncita francesa que según les había contado, hablaba de una agradable alondrita que era desplumada desde sus alas hasta su cabeza. A pesar de que a Ágata le parecía cruel el tema musical, a la pequeña Emilia le hacía mucha gracia, y por eso le pedía a su padre que se lo cantara cada noche al hacerla dormir.

—¿Ya se durmió nuestra golondrinita? —preguntó ella.

—¡Alondrita! Son dos aves distintas —respondió el artista en voz baja, a sabiendas que su explicación no iría a ninguna parte, pues a su mujer le parecía más linda la referencia al otro pájaro. Hugo constató que la pequeña estuviera dormida y luego besó su frente. Ágata también se acercó a la cama, acarició con ternura la carita de su hija, la besó sutilmente una y otra vez. Evitando despertarla, salieron del cuarto y cerraron la puerta con cuidado. El artista se abrazó a la cintura de su mujer y posó la cabeza en su hombro mojado, mientras ella le olía el cuello y le rascaba la espalda. Eso a él le encantaba.

—No estés triste, vida mía —dijo ella, sintiendo como propias todas esas emociones encontradas que tenía Hugo y que gritaba a través de sus ojos verdes. Ágata fue a la cocina y regresó con una botella de vino y dos copas. El artista encendió la chimenea y levantó la persiana de la sala. Un aguacero resonaba en los ventanales de aquella vivienda, casi como si llovieran piedras, pero el ruido externo no desvió la atención de la pareja que, enfocados solo en ellos, descansó en el sofá. En el fondo sonaba de manera apaciguada el Dúo de las flores, la ópera que les recordaba el día en que se conocieron. Un beso fundió sus labios.

—Hoy pasaremos la noche aquí, de nuevo —dijo ella ante la aceptación silenciosa de su amado. Con el primer brindis llegaron nuevos besos que pasaron del romanticismo a la pasión y que fueron calentando la noche fría que azotaba el lugar. Ella aún conservaba su mirada ingenua, a pesar de todas las vivencias demoledoras por las que había pasado. Sus grandes ojos negros lo miraban con adoración, como si fuera el único hombre sobre la faz de la tierra. Para ella, él lo era todo, el amor incondicional, el ser que le había devuelto la fe en sí misma y la esperanza en la vida. Gracias a él, a su entrega y a su protección constante, conoció por vez primera lo que era ser feliz. El padre de su adorada Emilia, el hombre que lo daba todo por ella y al que ella amaría hasta que no quedara un solo respiro en su cuerpo. Se despojó de su saco de lana y lo lanzó a una silla cercana, dejando al descubierto sus hombros. Hugo la miró con deseo. Le encantaba ver a su mujer siendo libre, deshaciéndose de sus demonios, de sus preceptos sociales, y entregándose completa y sin temores. Allí estaban ambos, adornándose con caricias y comiéndose a besos, mientras dejaban una estela de sudor sobre el cuero negro del sofá. Ágata gritaba de placer. Al cabo de unos minutos comenzó a reírse con intensidad desaforada, incluso olvidando que podría despertar a su hija. Su esposo emanaba muecas de satisfacción, mientras se abrigaban en un abrazo desnudo que los ató la noche entera. El sueño se apoderó de ella y durmió sin interrupciones hasta la mañana, cuando escuchó el canto de un gallo. Asustada se levantó con rapidez y comprobó que el artista y Emilia ya no estaban. Se acordó de que los viernes ambos tenían clase de arte, y agradeció que la hubieran dejado descansar un poco más. Desnuda, se asomó por una rendija de la persiana para ver cómo algunos vecinos curiosos miraban desde sus balcones hacia la casa, pues quizá escucharon los ruidos de una noche llena de fantasía. "Envidiosos", pensó. Se puso el vestido corto, el saquito de lana y la bufanda de colores, y salió sin hacer ruido por la puerta trasera de la vivienda, escapándose de los ojos ajenos. Un grupo de golondrinas voló a su lado por varios segundos. Ágata observó con sorpresa las bellas aves que le recordaban a su alouette, a su adorada pequeña que iluminaba su vida. Ya no llovía, aunque el ambiente permanecía nublado y opaco, y la mañana era fría, muy fría, tanto que subió la montaña corriendo para calentarse un poco. Antes de llegar a su destino se detuvo a recoger flores para su hija, a la que esperaría con panecillos dulces y abrazos de mamá.

<h2 style="text-align:center">12</h2>

Las llantas gruesas del Jeep de la alcaldía llenaban de polvo la calle central del pueblo, donde estaba la casa del mandatario y a pocos metros su oficina. Él mismo había manejado aquel vehículo por encima de la velocidad permitida, quebrantando las leyes aprobadas en la legislación pasada y originadas tras el macabro suceso que acabó con las vidas de Pedro y Mariana, el matrimonio que fue atropellado por Braulio en la misma noche de su boda. La información obtenida de aquella conversación con Matilde era importante y, aunque eran muchos los interrogantes que surgían, para él era claro que estaba ahora un paso más cerca del misterio que envolvía la muerte de su Josefina. Aparcó el auto de cualquier manera y entró corriendo a su casa. Con gritos agitados llamó a su esposa en varias ocasiones, pero no esperó por ella y subió saltando escalones de dos en dos hasta llegar al cuarto. Allí la encontró, sentada sobre una silla mecedora, al momento en que de manera inconsciente cepillaba su cabello. El alcalde entró respirando con dificultad, pero ni el ruido ocasionado por su presencia, ni el saludo que le dio, fueron escuchados. Desde la muerte de su hija, aquella mujer no era la misma. El mundo se le había acabado y lo poco que quedaba de él naufragaba en un mar de incertidumbres que la desconectaban de la realidad. Era como si hubiera perdido la razón. Su esposo se acercó y le dio un beso en los labios, lo que la sacó de su trance y la hizo volver en sí, a medias. Todavía estaba bajo los efectos de los sedantes recetados, aunque ahora la dosis que tomaba era menor, pero su estado de letargo era constante, como también su agonía. Sus ojos rojos casi ensangrentados, el rostro demacrado y sus movimientos pausados y torpes, la hacían parecer un espectro. El alcalde la tomó de la mano y la llevó hasta la ventana, a escasos pasos de donde se encontraba sentada. "El día está triste", pensó ella. "Día de mierda", pensó él, mirando las oscuras nubes que se acercaban a derramar su llanto, como todas las tardes. Sin soltarla le contó la historia descubierta sobre el hijo de Teresita Mesa, el novio desconocido de su hija. Al escuchar el nombre de Josefina, la mujer abrió los ojos de par en par y se enfocó en las palabras de su esposo.

—Tenemos que decírselo a Teresa ya mismo. Si nosotros perdimos a la nuestra, ella puede recuperar al suyo —dijo ella en un momento de claridad, ignorando lo que vendría. Confundida, se cuestionó sobre el vínculo familiar con Ferdinando, ya que nunca habían expresado que eran hermanos, además todos en la aldea conocieron bien a los padres de Teresita y no había asociación ninguna con el sacerdote. El mandatario tampoco estaba convencido de tal teoría. Algo muy extraño escondían, aunque era evidente que había una cercanía especial entre el cura y Teresa, a quienes durante muchos años veían juntos. La ayudó a vestirse, le puso los zapatos y juntos salieron rumbo al Café Central donde con seguridad la encontrarían.

Con un abrazo entrañable los recibió Aurora Andrade, la joven que no se reponía de la pérdida repentina de su amiga. Con cariño extremo, como si se tratara de sus propios padres, la muchacha los llevó a una mesa, argumentando que su jefa, Teresita, estaba por llegar. Los clientes que entraban y salían del lugar se arrimaban al alcalde y a su esposa a saludarlos y darles de nuevo sus condolencias, las que eran recibidas por él con agradecimiento, pero rechazadas por ella con una mirada vacía, enfocada en la nada. Aurora, notando el quebrajo total de la madre de su amiga, regresó hacia ella y la abrazó por la espalda. Luego, de manera silenciosa, le expresó al oído que, aunque no había comparación con Josefina, ella estaría dispuesta a estar presente para lo que necesitara, y que tenía que ser fuerte porque era lo que su hija hubiera querido. La mujer correspondió la manifestación de ternura y se aferró a la joven, a quien comenzó a visualizar como un reflejo de su hija. Aurora Andrade fue criada por una tía lejana que llegó a vivir a su casa después de que su madre falleciera en un accidente, cuando ella tenía solamente tres años. El recuerdo que le quedaba de ella era muy lejano, casi nulo, pero se ayudaba a recordarla con algunas fotografías que guardaba como su máximo tesoro. Había pasado más de quince años desde la muerte de su madre, pero ni la compañía de su tía, ni las ocupaciones diarias, ni siquiera la ilusión de dos noviecitos que tuvo, pudieron borrar la soledad constante en la que residía. Trataba de no pensar demasiado en ella para no caer en el abismo de la tristeza, pero era imposible no hacerlo en las tardes, especialmente las del domingo, cuando no quedaba nadie alrededor y no existían caricias ni palabras de apoyo. Nunca supo quién era su padre. Según le había dicho su tía antes de morir, la identidad de aquel hombre solo era conocida por su madre, que se llevó el secreto a la tumba. Nunca lo echó de menos, o era lo que manifestaba a los demás, pues como bien ella decía, no se puede extrañar lo que jamás se ha tenido, aunque su afirmación se derrumbaba cada vez que veía a sus amigas jugar con sus padres, o cuando otras chicas de su edad hablaban de lo bien que habían pasado el fin de semana con sus progenitores. En muchas ocasiones maldijo a aquel ser indolente, al hombre al que no le debía nada, ni siquiera la vida misma, pues la que tenía había sido complicada y dolorosa gracias a su abandono. "Podría ser cualquiera en este pueblo", pensó con odio por años, pero siguiendo los consejos de su protectora Teresita, desistió de ese sentimiento que afectaba su corazón y la llenaba de desazón y desconfianza hacia los demás. Con el paso del tiempo decidió olvidarse de una buena vez de esa figura paternal inexistente en su vida, y mejor enfocó su atención en escribir poemas y cuentos, ya que encontraba en las letras un refugio donde era impermeable a las penas. Con la ayuda de su madrina había iniciado sus estudios superiores en una ciudad intermedia a la que iba cada sábado a recibir clases de escritura. Por primera vez en su vida tenía una ilusión sobre su futuro. Quería viajar por el mundo, tener familia y escribir, escribir hasta que las historias creadas sanaran sus cicatrices.

Teresa Mesa entró al Café Central con su paraguas cerrado, a sabiendas de que en la tarde lo abriría sin falta. Solo un par de mesas estaban ocupadas, una de ellas por el alcalde y su esposa. Se arrimó a saludarlos y antes de abrir su boca, escuchó aquello que la estremecería como nada:

—Su hijo está vivo —dijo sin filtros la esposa del alcalde, dejando de una sola pieza a la propietaria del negocio.

—¿Qué dices?

El alcalde intervino interrumpiendo a su esposa. Le preguntó si podían hablar en un lugar privado, donde nadie escuchara. Aurora había quedado tan extrañada como la misma Teresa y, en medio de su asombro, le preguntó de qué se trataba aquello.

—No tengo idea —dijo Teresita, pero su voz temblorosa al igual que el trémulo en su cuerpo indicaban lo contrario. Sin entender muy bien lo que sucedía los llevó hasta su oficina en el segundo piso del negocio y dio órdenes expresas a Aurora de que nadie los interrumpiera.

—¿De qué hablas? —preguntó Teresa a la cadavérica mujer del alcalde.

—¿Eres hermana de Ferdinando? —atacó la mujer.

La confusión reinaba en aquel cuarto viejo. Las dos mujeres se observaban con miedo a mencionar las siguientes palabras, por lo que el alcalde intervino de nuevo. Con calma, evitando un estallido violento, le dijo que había estado investigando sobre Lucas, el novio de Josefina, y encontró una información que debía verificar con ella, en la que se mencionaba un supuesto hijo que murió en el hospital.

—¿Tuviste un bebé?

El silencio fue su respuesta inmediata. La mirada de Teresa era otra, se sentía descubierta, desnuda. No había estado tan asustada nunca como lo estuvo en ese momento. El eco de la afirmación tajante de su interlocutora le movía las entrañas.

—Su hijo está vivo —sonó de nuevo en el aire, en su cabeza. Su corazón latía de prisa, pero en el fondo de su alma sabía que se referían a otra persona, pues ella había tenido una niña. Aun así, caminó directamente hacia la mujer.

—¿Qué me dijiste abajo? ¡Repite lo que me dijiste! —ordenó.

La madre de Josefina repitió su frase, pero esta vez con un grito.

—Su hijo está vivo y la mía muerta. ¡Muerta! —y resbalándose en la pared, cayó sentada sobre el piso, ahogada en gemidos. Desde la parte inferior del negocio todos escucharon las quejas, pero nadie entendió nada. Solo Aurora intentaba atar cabos, aunque poco entendía de aquella escena inesperada.

El alcalde, al ver la reacción incrédula de Teresa, mencionó que nunca fue una niña, sino un nene, esperando que tal afirmación cambiara su perspectiva de la noticia.

Aquella mujer había quedado congelada. ¿Cómo podía saber que tuvo una hija? Perdiendo la cordura se arrodilló, tomó a la mujer de los hombros y en un acto de histeria le exigió que le contara todo lo que sabía. El alcalde se interpuso entre ambas, pidiendo que se controlaran.

—¿Entonces es cierto? ¿Es Ferdinando tu hermano?

—No, claro que no es mi hermano. ¿De qué demonios hablas?

—¡Solo contesta, carajo! ¿Tuviste un hijo veintitrés años atrás?

—¡Fue una niña! —gritó ella. Sus ojos estallaron en lágrimas que caían por sus mejillas arrugadas. —Por favor, díganme lo que saben —imploró.

El mandatario le habló de Matilde, la enfermera que atendió su parto, y de la historia que esta le había contado esa misma mañana. Le dijo que su bebé había sido adoptado por esta, y que supuestamente un hombre llamado Ferdinando, al que asociaban con el sacerdote, incitó al médico encargado del nacimiento a que no salvara al pequeño. Le contó que, según Matilde, le habían hecho creer a todos que se trataba de una nena por el hecho de que en la mañana del nacimiento una bebé había fallecido en el mismo hospital, y ese fue el cuerpecito que enseñaron a la pareja que la acompañaba. Teresita se desvaneció en su silla. Llevándose las manos a su rostro lloró, pero ahora la amargura se mezclaba con un gozo que le tocaba el alma. Comprendía que no había sido una alucinación cuando vio los rostros de Julia y de Ferdinando.

—¡Malditos, malditos! —gritó.

La madre de Josefina coreaba sus notas tristes desde el suelo y, sin evitarlo, el alcalde también se ahogaba con el vacío de su hija. Nuevamente las palabras sobraron en aquel espacio enmarcado por la zozobra del pasado.

Al cabo de varios minutos, el mandatario retomó la palabra y preguntó si realmente tenía el sacerdote algo que ver, pero Teresa, sumida en la duda de saber si en verdad su hijo estaba vivo, inició una retahíla de preguntas que solo una persona podía contestar: Matilde.

El alcalde le dijo que había posibilidades reales de que Lucas, el novio de Josefina, fuera su hijo. Por sexta vez le preguntó, ya en tono de enojo, si era el cura la persona de la que hablaban, y ante la insistencia marcada, recibió un sí con rabia que lo dejó a puertas de una gran verdad.

—¿Por qué querría Ferdinando que perdieras a tu hijo?

—Porque era suyo —contestó desde el suelo su esposa, generando con su respuesta un momento de incredulidad por parte del mandatario. Miró a Teresa, y sin más preguntas lo corroboró. Limpiándose el rostro se reincorporó en su silla. Luego tomó una bocanada intensa de aire y reacomodó su aspecto.

—Necesito hablar con Matilde. Llévenme —pidió la acaudalada mujer, ahora con la esperanza de que su bebé estuviera realmente vivo.

Ante la mirada curiosa de Aurora Andrade, los tres bajaron las escaleras y salieron del Café en silencio, pero antes de marcharse, Teresa la abrazó con fuerza y le dijo:

—Voy al encuentro más importante de mi vida, y mañana tú y yo hablaremos sobre algo que cambiará la tuya —y tras besarla en la frente salió y se subió al Jeep verde rumbo a la incertidumbre.

13

Pepa Rumores ya le había contado todo lo escuchado en el salón de belleza a su hermana Lola. Habían pasado la noche entera sin dormir hablando de aquel gran secreto que se convertía en el chisme de la década para ellas. A pesar de tener cuatro habitaciones desocupadas en su casa, compartían la misma porque se sentían más cómodas durmiendo juntas. Si alguna se desvelaba o tenía ganas de hablar, la otra le ayudaba de inmediato. Se llevaban solo tres años de diferencia, pero Lola, que era la mayor, había asumido la edad de su hermana, queriéndose quitar de encima los calendarios que tanto le pesaban. La información sobre el amorío entre Fermín Estirado y la madre de Josefina, había sido compartida en las primeras horas de la mañana con la profesora Fanny, con la viuda Manrique, con Celina la costurera y con la ciega Isabelita, que vendía dulces en la esquina de la plaza principal. Desde muy temprano, las hermanas se apostaban en las calles del pueblo y de manera disimulada se acercaban a los vecinos para actualizarlos con las nuevas noticias. Después de saciar sus lenguas con el chisme, terminaban pidiendo a sus receptores que no dijeran nada de aquel secreto, pues no querían dañar la reputación de los involucrados, en el caso de que no fuera verdad. Ambas manifestaban a cada uno de sus escuchas que eran mujeres serias y que jamás se atreverían a levantar calumnias a terceros, y por eso esperaban que aquella información no saliera de ellos. Lola había agregado además que la rubia Bondades fue quien los descubrió teniendo relaciones sexuales en el banco. Por su parte Pepa, dueña de una buena imaginación, indicaba a sus amigas y conocidas que Sarita la pecosa y Bondades la rubia estaban durmiendo con los clientes del salón, y prueba de ello era que el negro Filomeno se gastaba allí todos sus ingresos, y que sin tener ni un pelo en la cabeza iba a aquel sitio al menos dos veces a la semana.

—Pero es un secreto —finalizaban siempre las dos beatas. Ahora se dirigían con paso veloz hacia la iglesia, donde le contarían al propio Ferdinando lo que sucedía entre el banquero y aquella mujer, pero aprovechando a los peatones que encontraron en el camino, ensayaron las diferentes versiones que tenían de la historia, tratando de encontrar la mejor de ellas para el cura. Finalmente, y tras varias estaciones llegaron a su destino. Allí estaba el bobo Biri biri, que trabajaba como acólito y barría el piso de la iglesia, preparando todo para la misa de la tarde. Al verlas las saludó con cordialidad moviendo a la distancia una mano. Pepa siguió su camino hacia el altar sin ni siquiera mirarlo, mientras su hermana Lola le lanzó un beso en el aire, respondiéndoleel saludo. A pesar de su edad madura siempre le había parecido atractivo aquel hombre risueño, además ya lo había observado con detenimiento en algunas oportunidades y según ella, su físico no estaba para nada mal, lástima que su mente fuera la de un niño de diez años. Biri biri, como todos lo conocían en el pueblo debido a la constante repetición de esa palabra, hablaba con voz aguda y se demoraba eternidades pronunciando una frase completa. Estaba casi ciego. Usaba unos lentes gruesos de gran aumento que parecían el culo de una botella de vino. Cada tarde, alrededor de las tres, comenzaba su ascenso hacia la cúpula de la iglesia donde se localizaban las campanas que debía tocar anunciando la misa diaria. Con mucho cuidado subía los más de cien peldaños en forma de caracol que lo conducían a la cima, y luego se sentaba a descansar en la torre más alta de la iglesia, desde donde visualizaba el pueblo entero. Desde allí podía observar la casa de la bruja y el árbol donde Josefina murió ahorcada.

Uno de los momentos que más disfrutaba Biri biri en el día era cuando podía ser uno solo con el paisaje. Desde aquella soledad sentía una espléndida libertad que jamás experimentaba entre la gente. Miraba su reloj de números digitales con ansias, y cuando veía que faltaban diez minutos para las cuatro de la tarde, sacaba de su bolsillo las dos motas de algodón que llevaba y se las ponía dentro de sus orejas, pues el ruido de las campanas le generaba dolor de cabeza. A las tres y cincuenta y cinco de la tarde, un hormigueo comenzaba a deslizarse por su espalda. Era el nerviosismo de saber que quedaban pocos minutos para su acto principal. Se reía solo, feliz, en la altura máxima de la villa. Tomaba entre sus manos las cuerdas de cabuya que colgaban del campanario y se sentía poderoso, mejor que nadie, libre de pecado. La alarma de su reloj sonaba faltando dos minutos para las cuatro, momento en el que comenzaba a agitar con fuerza las dos cuerdas, dejando escuchar el tañer de las campanas a lo largo y ancho del pueblo. A medida que las tocaba estallaba su risa estrepitosa, esa que nadie escuchaba porque el feroz sonido de sus instrumentos religiosos relevaba cualquier otro ruido cercano. Varios nidos de golondrinas se ubicaban en la torre y, con la vibración del sonido, las aves salían a volar alrededor de la plaza, asustando a quienes entraban a la misa cada día. Biri biri permanecía allí encaramado hasta las cinco de la tarde. Una vez finalizada la homilía tenía que volver a hacer sonar sus campanas. La cúpula era suya y la había acondicionado a sus gustos y necesidades. En uno de los rincones tenía un cajón de madera donde guardaba tarros de salchichas, refrescos y panes, materia prima para su picnic diario. También tenía algunas revistas de súper héroes que hojeaba sin leer, pues las letras eran muy pequeñas y no alcanzaba a verlas con facilidad, pero para él no era un problema. Imaginaba los diálogos que llevaban a cabo los protagonistas de sus historias e imitando sus voces les daba vida. Era un especialista en la imitación de personajes, desde un anciano hasta la chica víctima del villano. A veces se quedaba dormido en medio de la tarde, pero la ruidosa alarma de su reloj lo despertaba faltando siete minutos para las cinco, momento en el que alistaba nuevamente las piolas para hacer sonar sus melodiosas amigas.

Lola y Pepa se echaron la bendición al pasar frente al altar y siguieron de largo hasta llegar a la oficina pequeña donde el cura tenía su despacho. Lo vieron sentado a lo lejos trabajando y, con decencia, como pocas veces, tocaron la puerta abierta. Él les hizo una seña para que entraran.

Minutos después, Ferdinando estaba enterado de todo y de mucho más, pues las hermanas ya habían añadido sus propios detalles al chisme inicial, generando gran indignación por parte del prelado. "Tenía razón la vieja Lourdes con sus intrigas", pensó el cura sin mencionar nada a sus visitantes, analizando también que, si probaba que Josefina no era hija del alcalde, era posible que el dinero de la herencia que él manejaba como albacea, quedara tarde o temprano en sus manos.

—¿Qué hará usted, padre? —preguntaron al unísono las Rumores con intriga.

—Por ahora ir a desayunar en calma, sin compañía —enfatizó.

También les prohibió que siguieran esparciendo la cizaña, y les pidió que por una vez en sus vidas dejaran sus bocas en silencio.

—Así lo haremos, padrecito —dijeron, con la llama de la ansiedad quemándoles la lengua.

**Septiembre 18
5:40 a.m.**

Los latidos de tu corazón variaron repentinamente. Me
asusté mucho, viejo. Menos mal que Luz Elena estaba aquí
y gracias a su oportuna respuesta aún permanecés conmigo.
Llegaron los paramédicos en minutos, y también llegó Marco
Tulio, nuestro médico al que le debemos tantas cosas. Te
estabilizaron con un medicamento que inyectaron en tu
brazo. Pobre bracito, lleno de morados y mangueras. Te
debe doler, ¿no? Sé fuerte, mi viejo valiente. Muy pronto
este sufrimiento terminará, lo prometo. Tuve un miedo
aterrador porque pensé que te me ibas. Han pasado más de
doce horas y ahora tus signos vitales se estabilizaron. He
estado en vela toda la madrugada y, aunque Cielo y Luz me
dicen que trate de dormir, el simple hecho de pensar que
podés volver a tener un episodio me mantiene pegada a tu
cama. Solo me ausenté un ratico mientras tomaba una ducha.
El agua que salía de la llave se confundió con mis lágrimas. Lloré como una pequeña a la que le quitan un dulce.
Y es que siempre reacciono tarde, lo sabés bien. ¿Qué voy
a hacer sin vos? Tu libro es traumático, pero a la vez
sanador, pues has posado nuestra historia en muchas otras,
haciéndome recordar pequeños detalles de la vida que había
olvidado, como cuando éramos jóvenes y nos escapábamos
hasta lo alto de la iglesia de mi pequeña ciudad, y hacíamos el amor con locura en la torre del campanario, y antes
de marcharnos hacías sonar todas las campanas y gritabas
que me amabas. Aquel aparte donde mencionás la primera
canción que me enseñaste en francés 'El Alouette', esa que
aprendí tan bien sin saber lo que decía y que, al enterar-
me de su traducción, pensé que tenía un mensaje sádico.
Me hiciste reír al verla en tus páginas, y con ternura te
besé las manos y la frente, y posé sobre tu rostro mis olas

saladas. Creo que tendré que dormir un rato, pero lo haré a tu lado. No sé conciliar el sueño sin vos. Las chicas igual se quedan en casa, cuidándote, cuidándonos.

3:15 p.m.

He soñado con Emilia. A través de tu historia la he visto tal y como la imaginaste. Dormí casi seis horas donde gracias a vos pude tenerla en mis brazos por vez primera. Fue tan real que todavía me parece increíble que haya sido solo un sueño. Bailamos en la sala. Tenía el cabello rizado y largo, ojitos verdes, y su carita estaba llena de pecas diminutas. Se veía hermosa. Creo que tu libro me ayuda a sentirla cerca. Marco, nuestro médico, ha llamado hace unos minutos y me preguntó si podía venir. Ya sospechaba su llamada, por lo que argumenté que me dijera por teléfono lo que necesitaba, pues no tengo ganas de verlo ahora. Es mejor así, de una manera informal. Me ha dicho lo que sabemos, que ya es hora de tu viaje, que es cuestión de días para que partas al lado de nuestra princesa, que debo preparar todo para el momento del adiós. Lo entendí bien. Le agradecí por su honestidad. Él me había prometido que cuando ya no viera una esperanza me lo diría de frente, sin tapujos. Y si me preguntás cómo estoy, te podría contestar con el corazón en la mano que me siento tranquila, porque he comprendido que el apego físico es egoísta, y que el amor verdadero no entiende de egoísmos ni de apegos. Por ahora no puedo hacer nada más que seguir a tu lado, diciéndote hasta el último momento lo mucho que te amo, lo mucho que agradezco tu vida y tu cuidado. Déjame, viejo mío, seguir leyendo tu libro, y prométeme que pronto me llevarás con vos.

14

Teresita le pidió al alcalde que no le hiciera más preguntas hasta que ella no hablara personalmente con Matilde, la enfermera que había cuidado al supuesto hijo que tuvo casi veinte años atrás. El mandatario aceptó su petición, aunque en el camino al pueblo contiguo se atrevió a preguntarle por su relación con Ferdinando, y si realmente Lucas era hijo de este. La madre de Josefina los acompañaba en el auto, y era la que pedía a su esposo que dejara a Teresa en paz y respetara aquel momento de angustia que estaba pasando.

—Estamos a cinco minutos del hospital —dijo el alcalde tras un silencio prolongado. —¿O es tu hermano? —preguntó de nuevo, ganándose un grito de su mujer, que respirando profundo y de manera calmada le dijo: —Quiero el divorcio.

Un freno en seco los sacudió a todos dentro del vehículo e hizo que Teresa, que no llevaba puesto el cinturón de seguridad, se pegara en la cara con el respaldo de la silla delantera. Nadie le preguntó si estaba bien. La petición inesperada de su esposa lo había dejado congelado. Aturdido por lo escuchado le preguntó de nuevo, esperando haber entendido mal, pero su mujer ya no aguantaba más. Su vida era infeliz, y ahora que Josefina ya no estaba no había razón ninguna para seguir disimulando. El mundo se detuvo una vez más para él. En menos de una semana recibía otra horrible noticia que no sabía cómo afrontar. Sin saber de qué manera, arribó hasta el hospital, pero no moduló una palabra más. Teresa estaba igual de desconcertada con lo

—106—

ocurrido y no supo qué decir, así que se bajó del auto y entró al edificio, dándoles su espacio para que hablaran. La mujer del alcalde le dijo que estaba decidida a separarse, y añadió que no era un secreto que entre ellos el amor había muerto hacía muchos años, incluso le dijo que ella sabía de sus salidas constantes con otras mujeres del pueblo, pero que no le había dicho nunca nada porque poco le importaba. El alcalde se puso nervioso con tal acusación, pero no pudo argumentar lo contrario.

—Yo tampoco he sido una santa —dijo ella de manera parca, dispuesta a contarle todo sobre su relación con Fermín Estirado.

Él intuyó el vendaval que se le venía encima pero no quiso afrontarlo en ese momento y, viendo que Teresa esperaba afuera, salió del auto sin mencionar palabra alguna a su mujer. Ahora todos sus movimientos eran mecánicos. Su mente estaba en otra parte.

—Lamento lo ocurrido —indicó Teresa sin saber qué más decir en ese momento. El escuálido mandatario la miró con tristeza, devastado por su mala suerte, y luego la invitó a que entraran al edificio y llevaran a cabo la diligencia por la que habían viajado hasta allí. Su mujer se quedó dentro del Jeep y ni siquiera se inmutó cuando estos partieron dejándola sola. Sabía que era lo mejor para ambos y, aunque tenía claro que nunca se iría a vivir con quien fuera su amante por muchos años, no podía seguir engañando a su marido pretendiendo que todo era color de rosa, que sus vidas eran perfectas, porque en sus dieciocho años de casados nada se acercaba ni siquiera un poco a esa premisa inexistente.

Teresa subió al quinto piso del hospital junto al alcalde. La recepcionista reconoció al hombre y de manera grotesca le preguntó si quería hablar con la enfermera Matilde de nuevo. Él indicó que sí de la misma forma grotesca. Al final del pasillo vieron su figura caminando hacia ellos.

Teresa la reconoció de inmediato. Tenía grabado en su mente cada uno de los detalles de aquel día de pesadilla, por pequeños que fueran. Se acordó de ella como la persona que la atendió desde el día que entró a emergencias hasta que le dieron de alta, una semana después. La enfermera también la reconoció y en ese instante frenó su paso. Estaban a menos de diez metros de distancia, viéndose frente a frente, y sabiendo que tenían algo en común: Lucas.

—No te preocupes, solo necesito que hablemos —dijo Teresa con sinceridad, pero Matilde no tenía miedo de perder a su hijo, y por eso jamás le había ocultado que era adoptado, además conocía bien a Lucas y sabía que era un muchacho maduro para su edad, y que hacía mucho tiempo estaba preparado para conocer la verdad.

Los condujo entonces hasta una oficina en la que podrían hablar con calma. Allí le contó a Teresa lo ocurrido la noche que llegó con la hemorragia y las indicaciones claras de su hermano el cura y la mujer que lo acompañaba.

—¿Ella también pidió lo mismo? —preguntó con extrema curiosidad, Teresita.

—Sí, señora.

—¿Cuál mujer? —inquirió el alcalde.

—Julia Andrade. La madre de Aurora —contestó Teresa, dejando aún más atónito al mandatario. La enfermera dijo que intentó contactarse con ella para decirle que su bebé estaba con vida, pero que la casa del lago que aparecía en los datos suministrados en el registro había sido demolida y desde ese momento nunca supo sobre su paradero.

—Teníamos la información de su hermano, el sacerdote, pero no quisimos correr el riesgo de acercarnos a él por temor a que le hiciera daño a Lucas, tal y como intentó en la noche del parto —añadió que el religioso había dado indicaciones expresas de deshacerse del bebé y que incluso pagó al médico para hacerlo—. Nunca lo denunciamos porque en ese momento recibimos el dinero, y eso nos hacía cómplices de aquel delito —argumentó Matilde. También le explicó a Teresa que la bebé que presentaron ante el cura a propósito, y para salvaguardar a Lucas, había muerto en el primer piso de la clínica esa mañana, razón por la que ella pensaría que había tenido una niña.

—¿Sabe Lucas sobre mí? —preguntó su madre biológica.

—No exactamente, pero sí sabe que yo soy su madre adoptiva. La verdad no sabíamos nada sobre usted.

Teresa, al saber que Lucas estaba internado en aquel hospital debido a la depresión que lo atacaba, pidió conocerlo, verlo así fuera de lejos, petición a la que accedió Matilde, sabiendo que aquella mujer tenía una necesidad inmensa de ver por primera vez a su hijo.

—Perdóneme, por favor, señora Teresa, pero lo que hicimos fue la única forma de salvar la vida del niño —dijo la enfermera mientras sollozaba. Teresa sentía que había vuelto a nacer aquel día. Su hijo estaba vivo y eso era suficiente para perdonar cualquier ofensa recibida; entendía la situación de Matilde, la mujer que salvó la vida de su bebé, del bebé de ambas. Sin palabras la abrazó con fuerza, y acercándose a su oído le dio las gracias por cuidar a Lucas, por protegerlo y brindarle el amor que ella no pudo.

El alcalde estaba lleno de interrogantes. ¿Debería ordenar el arresto de Ferdinando por tentativa de homicidio? ¿Qué había pasado realmente con Julia? ¿Alguien había matado a su Josefina? Y ahora su esposa le pedía el divorcio en el peor momento de su vida. Con la cabeza hecha un nudo bajó de nuevo a hablar con ella, pero no la encontró dentro del auto. Desesperado la buscó alrededor, hasta que el guardia de seguridad del hospital le dijo que la señora había partido en un taxi diez minutos antes. "De pronto es una reacción apresurada que se le pasará", se dijo a sí mismo, dándose ánimos, y regresó hacia el quinto piso. Teresa entró en compañía de Matilde al cuarto de Lucas. Lo vio por primera vez. "Es hermoso", pensó en silencio y tuvo unas ganas inmensas de abrazarlo. Miró a la enfermera, y esta, como si hubiera escuchado sus pensamientos, le indicó con un movimiento de cabeza que lo hiciera.

El alcalde entró al cuarto para ver a Teresa abrazada al cuerpo de su hijo, y esperó a que esta llorara un poco y siguiera besando a aquel muchacho que también era el novio de su hija y al que tenía que interrogar para buscar los motivos del aparente suicidio.

Sedado, Lucas no se dio cuenta de nada de lo que sucedía alrededor.

—¿Qué dice el médico? —preguntó su madre. Matilde explicó que estaba en un estado postraumático desde la muerte de Josefina, añadiendo que estaba muy enamorado y que tenía muchos planes con el bebé que esperaban.

—¿Qué? —saltó el alcalde—. ¿Cuál bebé?

Teresa también miró a la enfermera, que había olvidado que el padre de Josefina no tenía idea del embarazo de su hija. Torciendo su boca en una mueca de lamento por su falta de tacto al momento de hablar, la mujer pidió disculpas al alcalde, mencionando que pensaba que ya lo sabía. El mandatario se sentó sobre una silla, se tapó la cara con sus manos y dijo desolado: "Voy a matarme". Teresita Mesa entendía bien el sufrimiento de aquel hombre al que en pocas horas el mundo había destruido a su antojo. Era como si el universo entero se hubiera compaginado para hacerle la vida imposible a una persona escogida al azar, como si una fuerza externa y malvada hubiese puesto el planeta a girar y en medio de su experimento macabro señalara con su índice un punto cualquiera del mapa, el lugar donde desahogaría sus pasiones negativas, su fiereza, su ira y su odio contra sí mismo. Y en ese diminuto punto escogido por aquel ser imperioso e inexistente, estaba el alcalde, una figura ficticia creada por el capricho egocéntrico de un monstruo lleno de vacíos, de inseguridades, de miedos; un artífice imperfecto de la realidad que carcome a todos por igual. Pobre alcalde, una marioneta del destino. "¿Matarse? Quizás es lo mejor que pudiera hacer", pensó Teresita al escuchar su exclamación de dolor.

15

No era fácil abrir la puerta y presumir que todo era normal. Ese portón metálico era intocable y la separaba de dos mundos muy diferentes. El suyo lleno de todo, y el ajeno donde no valía nada y en el que corría el riesgo de quedar atrapada. Haciendo un sacrificio máximo, Ágata entró al Café Central. Se encontró como todos los días con la mirada de desprecio y los ojos acusadores de los moradores del pueblo, pero hizo un esfuerzo por no hacerles caso. Enfocada solo en el número de pasos que daba, llegó hasta el mostrador principal donde estaba Aurora.

—Once pasos y medio —afirmó en voz alta.

La muchacha siempre amable la saludó con una sonrisa y le entregó los acostumbrados panecillos dulces, pero al momento de recibir el dinero, su antebrazo fue atrapado por la mano fría del Alma en Pena, como le decían, y luego, aquella mujer de aspecto tenebroso la acercó hacia ella con fuerza.

—Tengo que decirte algo —mencionó Ágata en medio de un cuchicheo que llamó la atención de los clientes que presenciaban el encuentro. Aurora se asustó un poco, pero al mirarla de nuevo observó una sonrisa bondadosa que brotaba del rostro de su interlocutora, y el temor se desvaneció de inmediato.

La muchacha le devolvió el gesto con su boca y se prestó a escucharle. Ágata le dijo en medio de un susurro que Emilia estaba de cumpleaños y que ella y su esposo le prepararían una cena sorpresa en la casa vieja. Añadió que le encantaría que ella pudiera asistir y así conocer a su hija y compartir con ellos la velada familiar. Aurora se sorprendió con la invitación y, sin pensarlo aceptó, dando gracias por pensar en ella.

Ahora, el contacto físico entre la mano de Ágata y el brazo de Aurora se convertía en una caricia otorgada por la madura mujer, quien complacida se despidió indicándole que la esperaba a las ocho en punto, y que no se preocupara por llevar algo, pues con su presencia era suficiente.

Salió del sitio sin observar ninguna de las caras que murmuraban entre dientes historias en su contra. —Siete, ocho, nueve, diez, once… y medio —y abriendo la puerta se perdió en medio de la neblina de la tarde.

16

Su figura misteriosa generaba temor entre todos. Alta y flaca, con sus cabellos plateados sueltos casi rozándole las caderas, de piel tostada como el café y los ojos grises grandes como dos lunas llenas en noche de invierno, así, nubladas por el frío. La soledad que inspiraba era enorme, como enorme era el mundo que llevaba a cuestas, ese que jamás entendió y que tampoco la comprendía a ella. Cientos de historias circulaban en el pueblo sobre su vida. Las mejores decían que era una bruja malvada que en las noches volaba en su escoba por los techos de las casas, y que tenía un pacto con los demonios para causar el mal. Otras decían que era una sirviente del diablo y que, siguiendo sus órdenes, había asesinado a sus propios padres. Algunos señalaban que vivía entre espíritus que tomaban la forma de golondrinas para hacer maleficios en la casa vieja del pueblo y que, incluso, su esposo y su hija trabajaban con ella. Y la peor teoría indicaba que Satanás estaba encarnado en el cuerpo de Ágata Quintero, una mujer que tenía más de dos mil años y que era la culpable de todos los males del mundo. Todos agregaban un poco de más a las leyendas sobre su vida, sobre su camino errante, sobre su misión infernal.

Esa tarde caminaba sola por las montañas donde residía. Era el cumpleaños de Emilia, el motor de su vida; junto a Hugo había preparado una comida especial en honor a su pedacito de cielo. Eran una familia solitaria, siempre lo fueron, y a Ágata le gustaba de esa manera. Salió a buscar flores para decorarle el cuarto a su hija y, aprovechando la ausencia de lluvia, recogió otras para su esposo, el artista, aquel hombre sensible que nunca la abandonaba y que también amaba el aroma de los jazmines. Luego se tiró al pastal y observó las nubes que pasaban sobre su cabeza.

—Esa luce como una jirafa —dijo apuntando con su brazo hacia el firmamento y riendo al saber que su pequeña seguramente ya hubiese dicho que era un cerdito con sombrero de copa y botas plateadas. Allí, acostada sobre el prado, permaneció buena parte de la tarde. Se fumó un par de cigarrillos El Mago y volvió a señalar el cielo, mientras se decía en voz alta que se avecinaba un enano de barba montado en una patineta con tres ruedas. El primer trueno sacudió el ambiente y con rapidez aquel enano tomó la figura amorfa de una bola de nieve, y su patineta quedó convertida en el humo negro de su último cigarrillo. Ágata se puso de pie y emprendió su camino hacia el final del pueblo, donde quedaba el cementerio Los Dolores.

—Cómo quisiera que estuvieras aquí, mamá —habló de nuevo sola, y contando sus pasos transitó por calles empedradas, mientras el viento le movía su falda y le enfriaba la piel. Cargando las flores escogidas entró al camposanto y se echó una bendición con puntos cardinales erróneos. A la entrada estaba la tumba nueva de Josefina, una lápida de mármol negro con letras doradas. La decoración en su última morada la dejó sorprendida. Al menos seis arreglos florales cubrían el espacio rectangular que tapaba su cajón de pino, además, al pie de su nombre había dos ositos de peluche, cintas rosas, un trofeo, y algunas cartas selladas de sus amigas y familiares. Ágata se detuvo por un instante en aquel sitio y no pudo evitar llorar al saber que solo una semana atrás había visto a aquella hermosa muchacha junto a su novio en las montañas. Ese día, al verla, la pareja se asustó, pero Ágata, que recolectaba flores para su hija, los invitó a su casa a tomar un refresco, y allí conversó con los enamorados por más de una hora. Recordó que los muchachos fueron muy amables con ella, como nunca nadie en la villa lo había sido. Josefina preguntó por Emilia, su amiga de niñez con la que jugó tantas veces y que no veía hacía muchos años. Su madre le dijo que estaba en la ciudad tomando clases de pintura y escultura, en el mismo plantel educativo donde trabajaba su esposo Hugo, y que regresaba en la noche. Josefina recordó algunas historias sobre Emilia y, ayudada por la madre de esta, trajo memorias casi olvidadas en el tiempo, historias que Lucas disfrutaba; como la vez que se quebró un diente persiguiendo a Emilia, que le había robado unas galletas, o el día que se fracturó el brazo porque le dio miedo estar montada en la parte de arriba del balancín, y prefirió lanzarse al vacío, o incluso la mañana en que Emilia se cayó del árbol de manzanas pensando que podía volar como un súper héroe.

—Con tan buena suerte que yo me lanzaba después de ella, y al ver que sus poderes no funcionaron me bajé del árbol asustada —dijo Josefina ante las risas contagiosas de Lucas y Ágata.

Antes de despedirse, Josefina le confió a Ágata que estaba en embarazo y que pensaban casarse antes de que naciera su bebé.

—¿Ya lo saben tus padres? —preguntó la mujer, que con un abrazo aconsejó a la bella amiga de su hija para que fuera sincera con ellos, pues lo merecían. Les dijo que estaba segura de que todos se alegrarían con la noticia y amarían a Lucas, porque era un gran partido.

—Dale a Emilia mis saludos, y espero verlos en mi fiesta de cumpleaños —fueron las últimas palabras que escuchó de sus labios. También recordó el abrazo fraternal que ambos muchachos le regalaron aquella mañana, y que llevaría por siempre en el alma. Ágata besó sus dedos y luego posó su mano en la tumba de Josefina.

—Vuela alto, mi niña hermosa —dijo entristecida. Luego siguió su camino cruzando gran parte del cementerio y visualizando tumbas con nombres de personas conocidas. Mientras caminaba se rió de la vida, ese destello de tiempo tan corto que tarde o temprano terminaba en tristeza absoluta, y no solo por la falta física de los seres queridos, sino por los remordimientos que quedan tras su ausencia. Pensó en el error garrafal del apego, de la costumbre, del egoísmo material, factores que hacen que el ser humano sufra más a la hora de decir los adioses obligatorios, los de rigor, y se preguntó cómo sería su propia vida si en vez de amar con apego, como siempre lo había hecho, entregara sus sentimientos de una forma libre, sabiendo que nada ni nadie le pertenecía, que todas las personas que llegaban a su vida, incluyendo los hijos, eran momentáneos y estaban a su lado para enseñarle lecciones relevantes en el camino. Se detuvo un momento sobre una tumba cualquiera que ni leyó. Cerró los ojos y se propuso amar a los suyos a sabiendas de que en cualquier momento llegarían a ocupar un sitio más en aquel campo nublado y frío. Ágata era una mujer que había conocido la alegría y la extrema tristeza, la angustia y la esperanza, la vida y la muerte. Era una mujer que amaba con el alma y que nunca pudo odiar, ni siquiera a su padre, al mismo ogro que con sus manos cegó la existencia de su vieja hermosa, a aquel villano que tantas veces abusó de ella con golpes y palabras hirientes. El mismo que la abandonó en un mundo desconocido y turbio, y la dejó naufragando a la deriva en un océano sin islas. Ni siquiera a él podía odiar, a pesar de que lo intentó con todo su ser, pero no fue posible, porque en el fondo sentía que también lo amaba, a su manera, de forma silenciosa y serena. Antes de proseguir su ruta analizó el semblante de los cementerios, esos lugares marchitos y desolados a pesar de la cantidad de inquilinos que en ellos habitan. "Vaya suerte tiene la muerte, todos le temen sin saber que es solamente el regreso al sitio de donde vinimos. Deberíamos celebrarla con fiestas, tal como hacemos con los nacimientos; al fin y al cabo, es volver a la anhelada casa, a la verdadera", pensó de nuevo.

Caminó unos pasos más y llegó a la tumba de su madre. Siempre se impactaba al ver su nombre escrito con letras negras sobre la lápida. La adornó con un manojo de flores y en silencio pensó en ella. A su lado estaba el dueño de ambas tumbas, el culpable de que habitaran aquellas casas antes del llamado divino, el artífice de su vida y de su dolor de juventud. De él no pensó nada, no porque no lo mereciera, sino porque no llegaban ideas a su mente. Una flor, una sola quedó al lado de su nombre. Visitar aquellas tumbas las primeras veces había sido traumático y doloroso, y tardó muchos años en entender que las visitas se convertían en regalos otorgados por quienes se habían marchado, los que la esperaban ansiosos cada vez que pudiera visitarlos. Ella trataba de ir las veces que más podía en el año, pero en ocasiones sus ocupaciones le impedían hacerlo.

La lluvia comenzaba a caer sobre la villa, lluvia a la que los habitantes estaban ya acostumbrados, tanto así que los paraguas eran parte de las prendas de vestir. En silencio se retiró de aquel sitio y regresó a la montaña, pero antes de ir a su casa quiso también pasar por el cementerio de su propio pueblo, que estaba en la cima del peñasco, y al que había ido solo en una oportunidad, cuando tuvo una muy mala experiencia, por lo que decidió no regresar. Pero ahora, aprovechando que era su día de visitas, que estaba empapada por la lluvia, y que una lágrima de más no haría la diferencia, emprendió su camino hacia la cumbre por las escalas de tierra. Aquel sitio le generaba un recuerdo diferente, una sensación de salir corriendo y refugiarse en su casa vieja. Tratando de obviar los pensamientos que la agobiaban, caminó unos metros de más antes de sumergirse en un estrecho sendero que la conduciría a la vía principal. En su canasta aún tenía flores. Escogió dos tumbas, las que en medio de la lluvia estaban esperándola. Sentada en aquel lugar se fundió con el fuerte aguacero. No hubo palabras ni oraciones, no las necesitaban. Esperó y esperó casi por una hora a que el agua cesara, para entonces regalarles los adornos que también traía para ellos. Usando un cuchillo pequeño hizo una zanja alrededor de ambas tumbas y luego clavó las flores, dejando un espacio de cuatro dedos entre cada una de ellas. Después de treinta minutos, esos dos lugares estaban listos, adornados con colores y aromas.

Sin miedo expresó su amor por quienes dormían allí, y se despidió con una sonrisa amarga. Luego salió con rapidez y emprendió su camino de vuelta. Tenía una celebración que preparar y además una invitada especial que recibir.

La noche cayó temprano, a eso de las siete menos veinte. La oscuridad en aquel pueblo siempre llegaba antes de lo esperado, culpa de las golondrinas infernales, según aducían los adeptos de Ferdinando. Usando el camino de siempre, Ágata Quintero bajó la montaña sin dejarse ver. Sus botas de caucho azules llenas de lodo se resbalaban por algunas partes lisas del caño, generándole una adrenalina curiosa en su estómago. Era consciente de que, si caía, rodaría al menos veinte metros entre el pantano y los arbustos, y sus huesos no volverían a ser los mismos. Pero ella conservaba el equilibrio como en sus años de juventud. Su estado atlético permanecía casi intacto, y aunque no se comparaba con la mujer que fue un día, el hecho de escalar constantemente las montañas para ir de su casa antigua a su vivienda nueva, le ayudaba a mantener un balance físico privilegiado para su edad.

Arribó a su casa con alegría. Estaba segura de que Emilia no esperaba la sorpresa que le preparaban. Se maravilló con el aroma del jardín de hortensias púrpuras. Olían a noche estrellada, a bienvenida, a encuentro familiar. Amaba volver a su casa en las noches, sentirse rodeada de los recuerdos que le daban vida. Luego tomó la llave colgada en su cuello y abrió las dos cerraduras de la puerta enorme de madera barnizada. Miró el lujoso reloj de pared. Aún faltaba mucho para que llegara su hija, así que tenía tiempo de comenzar los preparativos. Las lámparas de techo en la sala, el comedor y la cocina se encendieron y dieron vida a la vivienda. Organizó la mesa con cuatro puestos. Prendió el horno y sacó de la nevera el pollo en salsa francesa cocinado con anterioridad, listo para ser calentado. La ensalada de manzana con uvas pasas y pedacitos de piña, preferida por la pequeña, estaba ya preparada, al igual que el jugo de guayaba dulce que tanto anhelaba cada vez que había cosecha. Adornó el comedor con flores y bombas de colores que infló con sus pulmones fuertes. Había tejido para Emilia un pijama de dos piezas con la figura de un elefante, porque a ella le encantaban los elefantes. Su osito estaba igualmente preparado para la recepción de la noche, y Ágata lo había vestido con un corbatín verde de manchitas blancas que lo hacían lucir como un apuesto galán de peluche. Encendió el equipo de sonido y alistó sus canciones favoritas. Todo estaba preparado para su llegada. Ahora solo faltaba que arribara Aurora, para que juntas la sorprendieran al llegar con su padre.

17

Dorian Álvarez, el notario del pueblo y quien estaba encargado del testamento de la vieja Lourdes, había citado a las partes inmiscuidas en el proceso, entre los que se contaban los dos hijos de la ricachona difunta, y también al sacerdote que obraba como albacea de los bienes. El primero en llegar fue Ferdinando, quien con cara de molestia preguntó cuánto se demoraría aquella diligencia, aduciendo que no tenía mucho tiempo. El notario le indicó que se tardaría lo necesario y que si tenía tanto afán bien podía retirarse. Después le notificaría por medio de un edicto el resultado de aquel procedimiento. El sacerdote no dijo nada más y se limitó a esperar a los otros participantes. Unos minutos más tarde, y para sorpresa del cura, arribó una mujer que nunca había visto y que indicó estaba citada por Álvarez. De nombre Valentina Pereira, la mujer llevaba un vestido ceñido a su estilado cuerpo, presentó sus identificaciones y se sentó a esperar.

—¡¿Y usted quién es?! —preguntó furioso Ferdinando, pero el notario le pidió que esperara a que llegaran los demás participantes para esclarecer todas las dudas. Un rato más tarde llegó el hijo mayor de Lourdes, con un ojo tapado con una hoja verde. Con su mano al aire saludó a los presentes y, con una sonrisa de satisfacción, abrazó al notario, luego tomó asiento en la esquina del salón. Acostumbrados a sus extravagancias y actitudes extrañas, nadie le preguntó para qué era la planta que llevaba sobre su cara.

Ferdinando estaba nervioso con la presencia de la mujer. Había preparado sus cartas en el caso de que la vieja Lourdes le dejara bienes a Josefina, pues ahora, sabiendo que existía una enorme posibilidad de que tal muchacha no fuera hija del alcalde sino de Fermín Estirado, podía interponer un recurso contra la voluntad de la difunta, aduciendo un error inducido y sacando provecho de su cargo de albacea. Al final se quedaría con los bienes que iban para ella tal como lo había indicado el abogado con el que se asesoraba. La hora de la diligencia llegó, pero aún el alcalde no se presentaba en el lugar.

—Comencemos ya —dijo impaciente Ferdinando, pero el notario, indignado por su actitud, manifestó que lo esperarían un rato más, y que era él quien decidiría qué hacer. El regaño al sacerdote fue celebrado por el hermano del alcalde, quien no paraba de hacer muecas en señal de mofa hacia el religioso que lo miraba con desprecio.

Finalmente, el mandatario entró al lugar. Su corbata desajustada y torcida y su caminar ladeado no dejaba lugar a dudas, estaba embriagado. Se disculpó con Dorian, el notario y su amigo personal, y luego saludó a los presentes, pero al ver a la mujer se detuvo un momento en completo silencio.

—Yo te conozco —dijo, pero ella no contestó y, de nuevo, el notario intervino pidiendo un minuto para explicarles a todos lo que sucedía.

—¿Podemos empezar? —preguntó de nuevo Ferdinando.

—Todavía no. Falta alguien más.

En ese momento entró corriendo Teresa Mesa, disculpándose por llegar tarde. Todos la miraron extrañados. Para el alcalde ya nada de lo que pasaba era raro, así que no le dio mucha importancia a aquella repartición de bienes.

Álvarez cerró la puerta de la oficina, manifestando que ya estaban todas las partes presentes. Luego inició diciéndoles que iba a leer el testamento dejado por Lourdes, y que ella expresamente había indicado que solo se debía abrir al momento en que uno de los presentes, o Josefina, fallecieran sin importar las circunstancias. El notario les pidió que se abstuvieran de hacer comentarios o interrupciones durante la lectura, y que una vez terminara, todos tendrían la palabra. Nuevamente el alcalde miró a la atractiva mujer con curiosidad.

—Yo te conozco, pero no me acuerdo de dónde —dijo, quebrantando las normas que acababa de escuchar.

—Shhhhh —señaló su hermano al momento en que se subía la cremallera del pantalón. Dorian inició leyendo una carta de Lourdes a sus dos hijos en la que argumentaba lo mucho que los quería, aunque no fuera muy cercana a ninguno de ellos por razones que conocían. Siempre los amó e intentó proteger. Era lo que decía. Luego leyó una misiva escrita al sacerdote, en la que le daba las gracias por el apoyo espiritual otorgado durante todos los años en que ella participó como miembro activo de la iglesia, y por entenderla una vez decidió alejarse de los designios en los que ya no creía. También leyó un mensaje dejado a Josefina, en el que le pedía perdón por no estar en su vida y en donde lamentaba no haberla conocido mejor. La anciana indicaba en su carta lo mucho que le dolía haber desperdiciado su existencia sumida en rencores sin sentido, y era consciente de que al morir iría a un lugar oscuro por su forma de obrar con ella, su única nieta, pero que no tenía miedo de su castigo merecido. Ahora lo único que podía hacer era intentar menguar en algo el daño hecho en vida. Por último, el notario leyó una nota escrita a la mujer que allí estaba y todos desconocían. La vieja Lourdes indicaba en su carta que la abuela de la presente trabajó con ella por más de veinte años, y más que una empleada fue su amiga y confidente, a la que prometió antes de morir que cuidaría a su nieta. "Siempre me encantó ver como tus ojitos negros se maravillaban con cada juguete que veías, con cada flor que brotaba en nuestro jardín. Mi esposo y yo nos enamoramos de tu ternura y humildad, y no hubo día en que no anheláramos una hija como tú, pero la vida te alejó de nosotros y fuiste llevada a un convento donde permaneciste interna por indicaciones de tu padre". En su misiva, Lourdes añadía que intentó por todos los medios sacarla de allí y llevarla de nuevo a su casa, pero que las monjas lo impidieron con creces, pues era el padre de la menor quien tenía la patria potestad sobre ella y, por ende, él podía decidir sobre su futuro. La anciana terminaba su carta pidiéndole perdón, sabiendo que en esos años de internado fue víctima de maltratos y ultrajes, y que ella no hizo nada para evitarlo.

El alcalde volteó una vez más hacia la extraña.

—¿Valentina? —preguntó.

Ella, apenada por estar allí y sintiendo que no tenía derecho a nada de lo que hubiera dejado la señora Lourdes, le sonrió con la misma humildad mencionada en el testamento. El hermano del mandatario también la reconoció y, de inmediato, se acercó a ella sonriendo y le dio un abrazo. El sacerdote se mordía los labios de rabia, pues ahora una nueva participante recibiría también bienes, mermando de esa manera sus posesiones. Dorian Álvarez pidió nuevamente compostura a los presentes. Se disponía a leer el testamento final.

"A Valentina quiero dejarle las tres propiedades de la plaza y una de las cuentas del banco que enumero a continuación. Tómalo como un regalo de tu abuelita y no como una herencia de mi parte. A Teresita, mi gran amiga de tardes de té y de llantos nocturnos, dejo una cuenta para que continúe haciendo las obras de caridad que en silencio realiza sin que nadie se entere y de las que fui testigo. Gracias por cambiar la vida de tantos.

A mi hijo menor le dejo la casa donde vive y la hacienda de los caballos. También la cuenta que enumero. Gracias por cuidar a tu hermano, a quien le dejo una cuenta de ahorros que manejarás a su nombre. A Ferdinando, que ha obrado como albacea de los bienes y de las rentas, dejo una cuenta bancaria cuyos fondos son exclusivos para la construcción y mantenimiento de un orfanato y un asilo de ancianos que llevarán mi nombre y en donde vivirán los niños y adultos mayores abandonados de la región. Y es mi voluntad que el resto de mis propiedades queden a nombre de Josefina, a quien reconozco a partir de ahora como mi única nieta, sin importar pruebas contrarias. En caso de que ella fallezca antes de dejar descendencia, estos bienes pasarán a manos de Valentina y, de igual manera, en el caso contrario, todo quedará a nombre de Josefina.

Mis dos niñas hermosas, ustedes lo merecen. Los quiero a todos. Lourdes".

Inmediatamente el hermano mayor del alcalde se levantó con furia de su asiento y lo lanzó contra la pared. Con un grito de rabia se marchó del sitio. Se sentía destrozado por el abandono permanente que siempre sintió de parte de sus padres.

—¡Espera, espera! —le gritó el alcalde, pero ya era tarde. Había partido sin saber a dónde ir.

De la misma manera el sacerdote manifestó su inconformismo latente porque no entendía el por qué su amiga de toda la vida no había dejado nada para él o para su iglesia. Amenazante, le dijo a Valentina que ninguno de esos bienes llegaría a sus manos, pues él podía comprobar que Josefina no era hija del alcalde sino de Fermín Estirado,y, por lo tanto, las disposiciones de Lourdes no tenían validez y él seguiría como albacea de las propiedades. Asustada, la muchacha quiso decirle que ella no quería quedarse con nada, que no sentía que le pertenecían aquellas casas, pero antes de contestarle, el notario intervino, indicando que era clara la voluntad de Lourdes al decir que reconocía a Josefina como nieta única sin importar pruebas contrarias, y que esto era suficiente para la consolidación del testamento.

—¿Cómo te atreves a dudar de que Josefina es mi hija? —manifestó el mandatario de manera violenta. El alcohol en su cabeza, sumado a todos los fracasos recibidos desde la muerte de su hija, empezaban a ser digeridos, ahora buscaba un escape y una forma de desahogo. Valentina se interpuso entre ellos, evitando que el alcalde golpeara al cura, aunque ella sabía bien que se lo merecía.

El religioso salió de allí sin argumentos, pero convencido de que habría una acción legal para interponer a su favor y recuperar los bienes perdidos aquella noche.

—Ferdinando, ¡espera! —dijo Teresita con fuerza y con una mirada distinta a como lo había mirado durante tanto tiempo. El sacerdote frenó su paso y la observó con furia. Teresita estaba decidida a destapar las cartas que había ocultado por años, sin importarle que con ellas su nombre quedara al descubierto.

—El bebé nunca murió como quisiste. Mi hijo está vivo. Te maldigo por la forma en que lo quisiste alejar de mi camino —el padre Ferdinando no pudo reaccionar ante las palabras de Teresa. Nunca le había hablado de esa manera. Un hielo recorrió su cuerpo de pies a cabeza.

—¿Vivo? —pensó con dificultad—. ¿No era una niña?

Tanto el notario como Valentina Pereira estaban aterrados por la forma en que la mujer le hablaba al cura del pueblo, pero no entendían nada de lo que decía. Asustados salieron de la oficina sin querer enterarse de lo que pasaba. Por su parte el alcalde, que conocía ya la historia entre ambos y la forma en que Ferdinando intentó deshacerse del pequeño, volvió a acercarse a él, y lo retó a decir que era mentira lo que Teresa decía, pero el cura, asustado, le dijo que no tenía nada que discutir con él, y menos en estado de ebriedad.

—Cuidado con lo que dices, mujer. Acusarme así puede traer consecuencias legales —advirtió el sacerdote, pensando que no había pruebas en su contra que confirmaran lo que Teresa le demandaba. Luego, sin decir más y evitando un escándalo, salió hacia su casa hecho un manojo de nervios.

***

Teresa partió hacia su residencia. Había sido el día más extraño de su vida y estaba agotada. Nadie podía arrebatarle la felicidad inagotable que sentía al saber que su hijo estaba vivo, que estaba bien, que lo había besado, acariciado, y que poco a poco intentaría conquistarlo, estar presente en su vida. Sentía que era el momento de hacerle frente a varios capítulos de su existencia que tenía que cerrar, sin importar lo que tuviera que hacer para saldar sus cuentas, para limpiar su consciencia, y por primera vez en mucho tiempo poder descansar tranquila. Mientras conducía su auto rumbo a casa, vio a Aurora Andrade caminando hacia la salida del pueblo. Teresa se acercó a ella y la invitó a subir al vehículo. Era vital que hablaran cuanto antes. La muchacha se excusó diciéndole que iba a la cena de cumpleaños de Emilia, la hija de Ágata Quintero, pero Teresa no podía alargar más su padecimiento, además no sabía lo que haría Ferdinando y, por eso, era importante que Aurora se enterara de la verdad de una vez por todas.

—Te prometo que después de que hablemos, si así lo quieres, te llevo hasta la casa de Ágata, pero es urgente que sepas la historia de tu madre.

Aurora no lo pensó dos veces. Lo que más anhelaba era saber todo lo que pudiera sobre la mujer que le dio la vida, esa que en todas las fotos salía sonriendo, a la que le había sacado los ojos grandes de color caramelo y el lunar que llevaba en la mejilla izquierda. Cargando el regalito que le llevaba a Emilia, se montó al auto de su madrina, y se dirigieron al Café Central para poder dialogar con calma.

Teresa preparó dos tazas de té y la invitó a sentarse a su lado. Le explicó que su madre y ella siempre habían sido muy buenas amigas, y que juntas fueron a la escuela y a la universidad. Sabía que, a pesar de ser tan joven, Aurora era una muchacha muy madura e inteligente, y que comprendería bien la historia que le iba a contar.

—Espero que no me guardes rencor por lo que te tengo que decir, y desde ya te pido perdón si en algún momento te he causado daño, pero créeme que desde que Julia murió, he hecho todo lo que está a mi alcance para que no sufras.

—¿Por qué no me habías contado antes lo que me vas a decir? —preguntó Aurora, mientras se mordía las uñas por la expectativa.

Teresa le dijo que había prometido a su tía de crianza que la resguardaría de cualquier información que le hiciera daño, pero que ahora estaba convencida de que lo que realmente hería era no conocer la verdad. Le explicó que ella misma había permanecido muchos años sumida en la ignorancia de ciertos hechos, viviendo en agonía constante, muriendo lentamente todas las noches, ahogándose en el recuerdo y la angustia de sus propios errores; hasta que esa mañana había descubierto una verdad que cambiaba su vida para siempre. Por esa razón estaba dispuesta a contarle ahora su propia verdad, porque era el momento de que ella misma decidiera cómo enfocar su vida después de quedar libre. Le repitió en dos ocasiones que estaba convencida de que la verdad desataba a los humanos de sus cadenas. El corazón de Aurora palpitaba como caballo de carreras al saber que conocería información sobre su pasado. Si de algo estaba convencida era del cariño sincero que su madrina le profesaba, siempre había estado presente en su vida y, aunque no podía compararla con su madre, estaba orgullosa de saber que podía contar con ella para lo que necesitara. Teresa siguió su historia, diciéndole que a la edad de veinticuatro años se enamoró perdidamente de un hombre prohibido, del que pronto quedó en embarazo. Aurora la escuchó incrédula, pero no la interrumpió. Teresa prosiguió, diciéndole que, para ese momento, Julia, su madre, ya la había tenido, y que le había contado que su padre era Santiago, un joven leñador que había salido del pueblo con rumbo desconocido.

—Nunca más lo vimos, y por eso tu madre te crió sola, trabajando muy duro y brindándote todo lo que necesitabas. Ella estuvo pendiente en todo momento de que no te faltara nada.

Aurora seguía meticulosamente cada detalle contado por su madrina, queriendo incluso anotar aquella conversación para repetirla en su mente una y otra vez. Teresita continuó, diciéndole que el padre de su hijo no quiso responder por el bebé, y le ofreció viajar a un sitio alejado del pueblo donde él se encargaría de que el aborto se llevara a cabo sin problemas.

—¿Aceptaste? —dijo Aurora por primera vez desde que la conversación había iniciado.

La mujer le dijo que no, y que viajó a un pueblo donde vivía su tía Consuelo, la misma que la había criado. Le dijo que solo su madre conocía su destino.

—¿Quién era el padre de tu hijo, y qué pasó con el bebé?

Teresa le contó paso a paso todo lo ocurrido en aquel pueblo donde alquiló una casa cerca al lago. Omitió apenas los detalles donde su madre jugaba un rol indeseable, ya que no quería que aquella buena muchacha quedara con un recuerdo negativo del amor de su vida. Pensó que nadie merecía recordar de manera nefasta a sus seres queridos ya muertos, y ella haría todo lo posible para que ese no fuera el caso, intentando mantener en parte la promesa hecha a su tía, y resguardar la ingenuidad de su ahijada. Lo que sí no podía negarle era la información que la llevara a conocer la identidad de su verdadero padre, pero antes de mencionar de quien se trataba, optó por decirle primero que su hijo era de Ferdinando.

La muchacha se mostró nuevamente inquieta. Le costaba creer que Teresa se hubiera enredado con aquel hombre. Una vez más guardó silencio, aunque por dentro estaba gritando espantada. Su interlocutora podía percibir en sus ojos la impresión que la abarcaba, y dudó por un instante si debía continuar con su verdad cruda, pero ya no podía seguir guardando secretos. Hizo una pausa para tomar una bocanada de aire, y se preguntó el por qué duele tanto hablar con sinceridad, y mucho más, escuchar la verdad. En ese momento entendió la razón por la que el mundo gira en torno a mentiras y falsedades. Es más fácil vivir en medio de ficciones y jugando a permanecer con los ojos vendados. Teresita continuó con su relato. Le contó sobre su accidente y que, al despertar en el hospital, el sacerdote le había dicho que la bebé que cargaba en su vientre estaba muerta, y que desde ese mismo día ella también había muerto, hasta hace pocas horas, cuando la verdadera noticia salió a flote y pudo renacer entre las cenizas. Pasó al menos una hora mientras Teresa le contaba lo ocurrido con Lucas, el novio de su amiga Josefina.

Aquella joven iba haciendo nexos mentales sin poder creerlo, pero faltaba aún la parte más difícil.

—¿Quieres que continúe? —preguntó su madrina con rostro apocaliptico.

Sabía que tal pregunta era solo la antesala a una revelación de la que no estaba segura si se encontraba preparada para escuchar. Se puso de pie y miró a través de la ventana. Tomó un respiro largo que no quería acabar. El temor a lo que venía le estremeció la piel. Pero a la vez pensó que ¿quién mejor que su madrina para contarle la verdad de su vida?

—Continúa, por favor —dijo la joven convencida y dispuesta a afrontar su presente.

Teresita comenzó a hablarle de Julia. Le dijo que se enteró por casualidad que su padre no era Julián, sino Ferdinando.

Aurora quedó petrificada sobre su silla. Teresa trató de abrazarla, pero esta la detuvo con su mano en el aire.

—No me toques, por favor. Aún no —dijo ella. Unos minutos de silencio eternos se hicieron presentes en el Café.

Teresita se marchó a la cocina y preparó otras dos tazas de té, pero decidió que no eran suficiente, por lo que regresó con una botella de vino y dos copas. Aurora bebió la suya hasta el fondo. Teresa hizo lo mismo. Al cabo de tres copas más, la muchacha habló por primera vez.

—¿O sea que Lucas y yo somos hermanos?

—Así es.

—¿Sabe Ferdinando que…?

—Sí, lo supo desde siempre.

Aurora lloró de rabia y desconsuelo. No quería que su padre fuera aquel hombre. Nunca le cayó bien, y ahora mucho menos.

—¿Qué pasó con mi madre? ¿En realidad murió ahogada accidentalmente?

Teresa le contó que después de que supuestamente perdiera a su bebé, Julia se fue a vivir con ella a la casa del lago, para hacerle compañía. Le dijo que en aquel sitio habían vivido las tres por algunos meses, incluyéndola a ella, que para esa época tenía tres añitos.

—Un día tú y yo salimos por un helado y tu madre quiso quedarse en casa. Estaba sintiéndose enferma y prefirió dormir un poco más. Teníamos una perrita llamada Linda, que era muy apegada a tu madre. La perrita escapó de casa y accidentalmente cayó al lago, y tu madre al escucharla llorando se tiró al agua y le salvó la vida. Cuando regresamos, encontramos a la policía en casa. Ya el resto es historia —mencionó con la voz quebrantada.

Las lágrimas brotaban sin parar. Aurora ya había escuchado la historia de la muerte de su madre en otra ocasión, cuando su tía se la había contado, pero jamás había tenido un relato de primera mano, uno tan lleno de detalles, donde pudo casi sentir el sufrimiento de su bella Julia, sacrificando su vida por el amor a su amiga fiel.

—Lo siento mucho. Siempre me he arrepentido de haberte sacado de casa esa tarde. Lo siento en el alma —lloraba Teresa. Finalmente, su ahijada la abrazó y desde ese momento, y para siempre, permanecieron unidas.

18

Ágata volvió a mirar su reloj. Ya eran casi las ocho de la noche y Aurora no había llegado. Estaba preocupada pues sabía que su esposo y su hija estaban a punto de arribar a casa, y no tendría con quien dar la sorpresa. Deseó que nada malo hubiera pasado con aquella muchacha a quien le tenía un cariño muy especial, pues a pesar de las calumnias que contra ella levantaban en el pueblo, Aurora jamás había dejado de saludarla de una manera dulce, demostrándole que poco le importaban los comentarios de la gente. Tenía todos los detalles preparados con anticipación para recibir a Emilia, que seguramente venía cansada después de un largo día de estudios y, quizá ni se acordaría de que estaba cumpliendo años. Nerviosa, como si fuera ella la que recibiría la sorpresa, Ágata apagó las luces de la casa y se escondió debajo de la mesa del comedor, dispuesta a brincar con alegría cuando su pequeña entrara por la puerta.

Algunos minutos pasaron en silencio y la oscuridad se apoderó del sitio, hasta que de pronto las chapas se movieron de un lado a otro, anunciando la llegada de su amada familia. Esperó el momento indicado para salir de su escondite, pensando que cuando su esposo prendiera la luz ella sorprendería a su chiquilla. Y así fue, una vez que Hugo encendió el interruptor, Ágata saltó desde el suelo gritando y dando la bienvenida a su cumpleañera.

—¡Sorpresa! —gritó ella sola mientras Emilia se llevaba las manitas a la cara realmente asombrada. Su madre se abalanzó hacia ella y la cargó en sus brazos—. Feliz cumpleaños, mi vida hermosa —le dijo al momento en que la besaba con amor infinito. Luego besó a su esposo y les dijo que había sido un día muy difícil para ella, y que los había extrañado como loca.

—A lavarse las manos que la cena estará servida en breve —dijo.

Emilia y Hugo corrieron al baño entre risas. La casa se llenaba de vida con la presencia de ambos, era como si una luz especial entrara por las ventanas cada vez que ellos llegaban. Emilia salió con las manos mojadas y sacudiéndolas por toda la casa, mientras que su padre la correteaba. Llevaba puestoel vestido rosa que su madre le había comprado la última vez que fueron de vacaciones a la capital.

—Te ves hermosa, mi vida —indicó Ágata ante la carita risueña que le daba las gracias con un beso—. Esperaremos un poco antes de servir la cena porque en cualquier momento llegará una invitada especial y debemos esperarla por respeto.

Emilia y Hugo se miraron sorprendidos. Nunca nadie los había visitado en horas de comida, pero sin decir nada, confiaron en el buen juicio de Ágata, quien caminó hasta el equipo de sonido y puso las canciones favoritas de su hija. Su reacción fue la esperada. De inmediato, comenzó a bailar alrededor de los muebles, dando vueltas y brincos, cantando las frases que sonaban en el fondo de la sala. No sabía de dónde sacaba tanta energía después de un largo día de estudios y viajes. Hugo, por el contrario, se veía cansado. Sus ojeras no se podían disimular, como tampoco su rostro pálido. Sospechaba que no estaba durmiendo bien porque algo lo preocupaba; además, en las últimas noches no había comido como acostumbraba, y siempre tenía la excusa de que antes de llegar a casa se tomaba un café y por eso perdía el apetito. Volvió a mirar el reloj. Ya eran las ocho y veinte de la noche y su invitada no hacía su aparición.

—Bueno —dijo en voz alta—. Serviremos la cenay si Aurora aparece, que se una a la mesa.

El pollo en salsa mediterránea desprendía un olor que les abrió el apetito.

—Te preparé tu ensalada favorita, la de piña y manzana —le dijo, y su hija le agradeció con una mirada de bondad, como solo ella sabía hacerlo. Tenía unos ojos supremamente expresivos, y muchas veces no necesitaba pronunciar palabra alguna para que los demás se enteraran de sus estados de ánimo. Hugo se sentó en su puesto, no sin antes oler los jazmines con los que la mesa estaba adornada. Una sonrisa de paz pintó su rostro desmejorado. Emilia seguía saltando de un lado al otro, hasta que observó en una de las sillas del comedor a su osito de peluche que la esperaba con un corbatín verde. Lo abrazó y le dio un beso. Ágata le dijo que su cumpleaños era una fecha relevante y que por tal motivo hasta su peluche se había arreglado de esa manera. La pequeña volvió a abrazarla con todas sus fuerzas.

Mientras cenaban, Ágata les contó que tenía varios planes para el fin de semana que se avecinaba. Les propuso que fueran a la ciudad originaria de Hugo a visitar viejos amigos, y que se quedaran allí unos días.

—¿Qué opinan?

La idea no le disgustó a ninguno de los dos. Había pasado mucho tiempo sin ir a aquella ciudad.

—Pues no se diga más. El sábado nos vamos temprano —dijo, risueña, la madre de la festejada. Luego, guiñándole un ojo a su marido, se puso de pie y dijo que la acompañara al baño. Aprovechando que Emilia alimentaba a su osito, entraron al cuarto y tomaron los regalos que le tenían. Hugo puso las velitas sobre la torta de manzana horneada para ella, y juntos salieron de la habitación cantándole la canción del onomástico. Miró por tercera vez el reloj de pared, el que tenía un péndulo de bronce que se movía de un lado al otro, marcando las nueve de la noche. "No vino", pensó en silencio.

Emilia apagó las doce velitas al tercer intento y, con felicidad, destapó los regalos, mientras su madre aplaudía y celebraba su carita de emoción. Luego bailaron juntos, ritual al que estaban ya acostumbrados en las noches, antes de irse a dormir. Una hora más tarde salieron de la casa y se dirigieron a las montañas. Ninguno de los vecinos cercanos se explicaba de dónde provenían aquellos ruidos que cada noche se hacían más fuertes y, atemorizados, rezaban con sus camándulas a la Virgen para que los protegiera de los demonios que los atormentaban en las noches.

***

Aurora le pidió el favor a su madrina que la llevara a la casa antigua de Ágata Quintero, pues allí estaban celebrando el cumpleaños de Emilia con una cena. Sabía que ya estaba tarde, pero por lo menos quería pasar a dejarle el regalito que le había comprado y darle un abrazo. Al llegar a la vivienda encontraron todas las luces apagadas.

—¿Estás segura de que era aquí y no en su casa de las montañas? —Preguntó Teresa.

Aurora le dijo que la invitación se refería a esa casa.

—Espérame un momento, de pronto aún permanecen ahí.

La muchacha se bajó del auto y caminó hacia la puerta principal. La oscuridad era total. Teresa encendió las luces delanteras de su coche, ayudándola a encontrar el camino hacia la puerta. La maleza de la entrada le impedía moverse y se le incrustaba por todas partes. La fachada estaba caída y sucia, además algunas ventanas estaban quebradas. Aquella casa estaba inhabitable. Le pareció muy extraño que su anfitriona la hubiese citado en aquel sitio, donde incluso permanecían las cintas amarillas de policía alrededor del patio trasero, donde habían encontrado el cuerpo de Josefina.

—¡Prende la luz alta! —gritó a su madrina. Luego asomó su cabeza por una de las ventanas, confirmando que la vivienda estaba completamente vacía, a excepción de una silla de madera donde estaba un oso de peluche viejo, sin orejas y con un solo ojo.

—133—

19

Un nuevo día iluminó la villa. La vida continuaba a pesar de que muchos quisieran lo contrario; el sol no entiende de dolores ni alegrías, de vidas y muertes, de ciclos que finalizan rompiendo corazones y dejando sumidos en la oscuridad interna a quienes los padecen, o sea, a todos los que reciben su luz sin ni siquiera notarlo.

El alcalde abrió los ojos ante la claridad que entraba por la ventana. Durmió acostado sobre la cama de Josefina, abrazado a su almohada y oliendo lo que quedaba de su aroma en la funda blanca. Para su sorpresa, su primer pensamiento fue Valeria Pereira. No la había visto desde que eran unos niños, y ahora lucía hermosa. Recordó cuando jugaban a ser padres de su muñeca de trapo. Se tomaban de la mano y se daban besitos inocentes en la mejilla.

Siempre hubo entre ellos una química muy especial, y al verla de nuevo pudo comprobar que la atracción seguía latente. Habían conversado un poco antes de salir de la notaría la noche anterior. Ella lo abrazó y le dio sus condolencias por la partida de Josefina, y él sin saber bien el por qué, le mencionó que se iba a separar de su esposa, quizás como acto reflejo, o porque recobró la esperanza de estar a su lado, esa ilusión que tuvo en su pecho durante tanto tiempo y que fue apagándose al darse cuenta de que jamás la volvería a ver. Ahora, y en medio de su pena profunda, de su mala suerte, una llamita se encendía en su estómago por haberla vuelto a ver. Ignoraba si ella estaba casada o comprometida, si tenía hijos, pero no le preguntó, porque seguía siendo aquel muchacho tímido y temeroso al que ella tenía que tomar de la mano.

—Quizá siguió el camino religioso al estar tanto tiempo dentro de aquel convento —pensó, pero luego se acordó de que había llegado vestida de una forma muy diferente a como lo haría una monja tradicional.

Entró a su cuarto y no encontró a su mujer. Esta lo esperaba en el comedor, dispuesta a tener laconversación obligada que él había evitado.

—¿Me dejas para irte con él? —Preguntó el alcalde, luego de que ella le contara sobre su relación con el banquero.

Ella le dijo que no sería así. Le indicó que no quería vivir más tiempo en aquel pueblo donde veía a su hija por todas partes, cada esquina se la recordaba, todo le olía a ella y allí ya no volvería a verla. La había perdido para siempre. Le explicó que por su salud mental debía alejarse definitivamente de ese sitio y cortar todo vínculo que la atara a la imagen de su hija, además dijo que era claro que entre los dos nada existía desde hacía muchos años, que estaba cansada de pretender delante de todos que se amaban, de jugar a fingir que no sabía sobre sus salidas misteriosas con otras personas.

—¿Soy su padre?

—Siempre lo fuiste y lo serás. Eso nunca lo dudes —dijo ella, con su maleta empacada.

—¿No quieres saber qué pasará con la investigación?

—No —mencionó la mujer. Le dijo que ya el daño estaba hecho en su vida y que nada podría repararlo. Adujo que estaba cansada de los sentimientos bajos del ser humano, esos que también ella llevaba consigo y que solamente le provocaban secuelas en su mente y cicatrices en su alma. Se refirió a la venganza típica de los seres, la que sumerge al mundo en un sitio peor de lo que es, ese deseo de justicia extralimitada que raya en lo absurdo y se comete con sevicia, convirtiendo a sus actores en protagonistas antagónicos del futuro imperfecto. Le dijo además que alejarse era su manera de pedir perdón, de arrepentirse ante él y ante su hija, y sería a la vez la forma de perdonarse a sí misma por traicionar sus propios sentimientos en busca de su bienestar económico.

—No volveré —mencionó decidida. Dijo que se llevaba los ahorros de la cuenta y que él podía

disponer del resto de bienes como quisiera. Luego se montó en el auto que la esperaba y se marchó con la vida deshecha.

Septiembre 29
9:13 p.m.

Han pasado exactamente siete días desde que te reencontraste con Emilia, desde que pudiste abrazarla de nuevo y la suerte de verla te llegó primero. Me duele hablarte ahora que no estás presente, y se me hace un nudo en la garganta que me ahoga. Me falta el aire. Puedo sentir cómo se me parte en pedacitos el pecho, esos mismos trozos que vos pegaste con cuidados y silencios cuando se quebraron una primera vez. Te extraño, mi viejo. Te extraño tanto. Solo hasta ahora, una semana más tarde, me he sentido con algo de fuerzas para hablarte, aquí sentada en las ramas de nuestro árbol de manzanas, mirando ese patio fértil donde crecerás con fuerza y darás frutos. La casa se ha quedado vacía, silenciosa. Se nota tu ausencia en cada rincón, en cada mueble, en cada libro.

Veo tu sombra mientras tomo un baño, pasás despacio por el lavamanos y te dejás observar a través de la puerta llena de vapor. Llamo tu nombre, esperando que me digas que estás conmigo, y cierro los ojos queriendo que me toqués, que me hagás saber que seguís aquí, a mi lado; pero no lo hacés y me sumerjo en la angustia de mis propios gritos que nadie escucha.

Apenas ahora comienzo a despertar de este mal sueño que es la realidad. Y es que ha sido mejor vivir dentro de las hojas de nuestros libros, respirando personajes y momentos de otros, que estar aquí afuera de ellos, carcomiéndome con el recuerdo que se me escapa como la niebla entre las manos. ¿Qué voy a hacer ahora sin vos? ¿Sin nosotros?

Nuestros amigos no me han dejado sola en estos primeros días. Mateo estuvo presente desde que se enteró. El pobre canceló sus presentaciones para estar con ambos. Le dije que no hacía falta, que viniera después de terminar con su trabajo, pero él insistió en estar a nuestro lado hasta que descansaras en el jardín, ya convertido en la simiente del naranjal. Le ha afectado mucho tu partida, y me siento bien al saber que no soy solo yo la única a la que abruma tanta soledad. Has dejado huella en muchas personas, mi viejo bello. No sabés lo orgullosa que estoy de vos. Me sorprendió ver la cantidad de acompañantes que tuvimos en el funeral, y esa misma noche, mientras muchos se acercaban a darme sus condolencias y a recordarte, tuve un momento de claridad en el que pensé que es lindo pasar por esta vida y dejar un legado entre las personas que de una u otra forma tienen contacto con nosotros.

En la sala de velación pude escuchar historias diversas que desconocía sobre vos. Sé que sonará extraño lo que te voy a decir, pero esas horas fueron unas de las más lindas en mucho tiempo, momentos en los que te sentí cerca y en los que me di cuenta de que puedo tenerte conmigo a través de las evocaciones ajenas. Siempre han dicho que no hay muerto malo, pero es mentira, y no es tu caso, pues estoy convencida de que cuando fallece alguien que ha pasado por el mundo haciendo daños, no puede tener la resonancia del cariño que vivimos en esos dos días, cuando tus amigos, tus conocidos, y aún, muchas personas que no te conocieron pero que escucharon de vos, llegaron a decirte adiós. Mi adiós no fue allí, ni será en ninguna parte, porque entre vos y yo no hay despedidas, solo encuentros.

Decidí hacer el funeral para que los demás lograran despedirse, pero recibí una grata sorpresa al descubrir a través de otros ojos, facetas tuyas que desconocía y que han llegado a mí como un bálsamo de tranquilidad interior. Toda una vida juntos y todavía hay tantas cosas que no conozco de vos. Sos como un libro escrito en varios idiomas, en el que cada lector según la lengua que entienda va descubriendo de a poco muchos enigmas ocultos.

Nunca anhelé conocerte entero, es más, creo que tal deseo es ilógico y conformista, porque la mente humana es tan infinita, tan misteriosa y convulsionada, que me resulta imposible pensar que podemos conocer perfectamente a alguien, por más cercano que logremos tenerlo. Pero sí te conocí lo suficiente para saber que sos y serás el amor de mi vida, el ser que me entendió y que me amó sin esperar nunca nada a cambio. Si existiera otra vida, en esa otra vida quisiera estar con vos. Sería fascinante tener la oportunidad de verte otra vez, de reír a tu lado, de compartir sueños y cafés. Hoy te conozco más que ayer y, poco a poco, siento que voy descubriendo una hoja más de tu vida secreta, esa que todos tenemos y cuidamos con constancia, pues nos ha costado mucho trabajo y sacrificio edificar. Siempre fuimos libres, mi viejo bueno, y respetaste todos mis espacios, sin juzgarme, sin preguntarme el porqué de mis actos.

Sabías que te amaba con locura, que daba la vida por vos, y yo siempre supe lo mismo. Era todo lo que necesitábamos saber el uno del otro. Lo demás lo fuimos aprendiendo poco a poco en el camino que recorrimos de la mano. Respeté y respetaré tus secretos, esos que ahora que has volado alto puedo ir descubriendo, con el temor de encontrar páginas que no me agraden y otras que quiera releer una y otra vez. De eso se trata esta vivencia, ¿no?

La gratitud es uno de los sentimientos más bellos de un ser, y aquellas personas a las que un día ayudaste desinteresadamente, también estuvieron allí, llorándote y dejando una flor en tu regazo. A muchos les tuve que decir que no había nada por qué llorar, que mejor sonrieran y te recordaran como siempre fuiste, un hombre energético, valiente, decidido y arrojado, dispuesto a lanzarte al carril del tren para salvar a un pajarito, a quitarte la camisa para entregársela a un desamparado que pasaba frío, a enfrentar a un poderoso para defender a un débil, un tipo sin mayores temores cuando se trataba de realizar una labor loable, un soñador empedernido y un loco incurable, sin límites ante el universo y sin puertas en la cabeza.

A tu lado me despojé de mis prejuicios, junto a vos entendí la igualdad de los vivientes, e incluso la de los muertos. Ahora que lo pienso, existe mucha mayor democracia al momento de partir. Todos morimos sin importar qué tan simples o complicados seamos en este plano, sin que la medición de riquezas o buenos sentimientos indiquen mayor tiempo de vida, sin que sea relevante qué tan conocidos u ocultos seamos. Todos venimos y nos vamos sin nada más que los recuerdos y el amor que cosechemos, que es el mismo que entregamos.

Ahora estoy aquí sentada en medio de vos y de Emilia. Juntos los tres, viendo esta luna llena. Si alguien viera esta imagen desde fuera, o visualizara en su mente la manera en que lucimos, seguramente se entristecería, y claro, una mujer sentada en un árbol hablándole a su esposo y a su hija muerta, es una imagen deprimente, pero no lo siento así. No hay nada que pueda lamentar con ustedes dos, los amé con todo lo que soy, y de esa forma los sigo amando.

Me llamó mucho la atención una mujer que estuvo presente durante los dos días del funeral, y que permaneció casi todo el tiempo sentada en una esquina de la sala con sus hijos mayores, dos hombres treintañeros muy apuestos. Ella me miraba mucho pero no se acercó en ningún momento. Yo quise hablarle, pero cada vez que lo intentaba era interrumpida por alguien que me quería saludar y hablarme de vos. La vi luego en la misa, también con sus hijos. Al salir de la iglesia pude hablar con ella finalmente, aunque de manera breve, pues ya íbamos al cementerio donde te cremarían. Sus palabras han quedado dando vueltas en mi cabeza. Me preguntó si de casualidad habías dejado un libro escrito sobre un pueblo antiguo, porque quisiera leerlo. Me dijo que eran conocidos de la vida y que había escuchado mucho sobre mí. Se llama Melissa Alejandra. Nunca me hablaste de ella, así que no pude decirle lo mismo. Le pregunté cómo sabía de tu manuscrito, y me dijo que le habías hablado de él unos meses atrás, pero la verdad no la noté muy convencida, es más, se puso algo nerviosa con mi interrogante. Lamentó que no estuviera terminado. Le pedí sus datos para mandarle lo que tenés, pero dijo que vivía muy lejos y que mejor le diera los míos, y cuando regresara a la ciudad me llamaría para invitarme a un café. Fue muy extraño ese encuentro, y lo único que puedo pensar es que no cesás de causar misterios, ni siquiera después de muerto.

La última vez que leí el manuscrito fue el día de tu partida. En medio de la lectura, tu monitor se activó. Las enfermeras intentaron estabilizarte sin suerte, y yo comencé a entender que hacías tu transición a mi recuerdo. No quisimos luchar más, y en silencio te besé en vida por última vez. Puedo jurar que sentí tu mano queriendo apretar la mía, tus dedos tibios que abrigué con veneración. Tu corazón se detuvo, y el agónico y agudo sonido del monitor me indicó que ya todo había pasado. Fue así de rápido, unos segundos llenos de silencio. Vuela alto, mi viejo de oro, y ven por mí pronto. Sé que temés que enloquezca de nuevo, que pierda la razón como cuando Emilia cerró los ojos, y pensarás que si vuelvo a caer en el abismo oscuro de aquel sitio tétrico donde estuve internada dos años, ya no habrá nadie que intente rescatarme como lo hiciste esa vez, pero te prometo, mi adorado viejo, que ahora mi mente está clara, está en calma.

No pretendo mostrarme fuerte ante la adversidad, pues sabés que soy una melancólica empedernida y que tu pérdida me hace mucho mal, pero te prometí una vez ser fuerte para vos, y lo cumpliré.

"Todo lo malo que te pase a vos me pasa a mí", me dijiste muchas veces, y por eso hago un esfuerzo máximo para

evitar sucumbir al hueco tenebroso que me genera tanto
miedo. Estaré fuerte por los dos, por los tres.

20

Biri biri divagaba por las calles del pueblo a pie limpio. Iba gritando frases inentendibles y alegando solo. Levantaba sus brazos y luego pateaba las flores que iba encontrando por el camino. Se le veía notablemente enojado. Su rostro estaba descompuesto y, a medida que hablaba, soltaba babas que caían cerca de los vecinos que pasaban a su lado. De un momento a otro comenzó a saltar sobre el empedrado de la calle Suspiros, donde Teresita Mesa tenía su vivienda.

Rara vez se le veía perder la compostura de esa manera. Por lo general era un hombre moderado, que evitaba meterse con otros.

—Algo grave tuvo que haberle pasado —indicaban los moradores que veían su extraño proceder.

Cegado por la ira y el dolor, recogió del piso algunas piedras y las comenzó a aventar a los curiosos que seguían sus movimientos, luego se llenó los bolsillos con nuevas rocas y prosiguió su camino. Uno de los hombres que observaba el comportamiento violento de Biri biri, envió a su hijo a la iglesia para que le contara al padre Ferdinando lo sucedido, al fin y al cabo, era su acólito y, seguramente, el cura podría calmarlo.

El sacerdote entendía bien el motivo de su enojo máximo, y no lo culpaba. Ni siquiera intentó tranquilizarlo, ya poco le importaba que el bobo, como lo llamaban todos, destruyera la villa si así lo quería. "No estaría mal un cambio radical aquí", pensó

Ferdinando y, sin hacerle caso al emisor de la noticia, se fue a su casa a desayunar.

Biri biri arrojaba piedras al azar mientras corría con velocidad por las calles. En menos de cinco minutos todos sabían que había perdido los estribos, y que era un peligro para cualquiera que estuviera cerca. Miguel y Ramón, los dos uniformados de la locación, se encontraban disfrutando de la primera cerveza fría del día en Los Recuerdos, la cantina del cojo Arbeláez, cuando escucharon la noticia. No sin antes terminar lo que quedaba en sus botellas, emprendieron la persecución para arrestarlo, advirtiéndose mutuamente que tenían que ser muy cuidadosos al momento de su captura, ya que lastimarlo sería casi como perder el trabajo.

El alcalde también se enteró de lo que pasaba y, con prisa, se montó en su auto y recorrió las calles en su búsqueda, antes de que lastimara a alguien.

En su cabeza, Biri biri no alcanzaba a comprender la razón por la que su madre no lo quería. Siempre la había endiosado, pero lo único que había recibido de su parte era lástima y galletas, como si las harinas de chocolate fueran suficientes para sentirse querido. Su padre tampoco estuvo nunca de su parte. Él sabía que no era normal. En medio de su lentitud, entendía que tenía dificultades para comunicarse, para pensar con claridad. Le dolía sentir las miradas de rechazo ajenas, aunque estaba acostumbrado a ellas, pero por lo menos esperaba que su familia lo apoyara, lo quisiera, y a su entender, jamás había sido así.

El dolor y la rabia para él eran casi iguales, o por lo menos tenía la misma reacción para ambos. Desde que era muy niño comenzó a sentirse separado de todos. Cuando llegaban visitantes a su casa, él era enviado a su cuarto, y ni siquiera podía sentarse en la mesa a comer con los invitados. Toda su familia salía los domingos a pasear, pero él tenía que permanecer en su casa viendo televisión y pintando en el tablero que estaba en su pared. Su madre nunca lo hacía dormir, nunca le cantaba, ni le contaba historias en las noches. Ya no se acordaba ni de su propio nombre y, a veces, confundido, pensaba que se llamaba

Biri biri. Una vez más, era echado a un lado por los suyos. Su único pecado era haber nacido con una discapacidad cerebral. Y, en realidad, ni siquiera era su culpa. Nunca pudo hablar con fluidez, tampoco escuchaba muy bien, ni veía a la distancia sin sus gruesos lentes. Sus movimientos torpes y bruscos, sumados a sus problemas cognitivos, lo habían hecho acreedor de burlas y chistes desde que era un pequeño.

—Biri biri biri —mencionaban otros niños en la escuela imitando su caminar ladeado.

—Biri biri —mencionaban los compañeros de universidad de su hermano, mientras se burlaban de él sin que nadie en su familia lo defendiera.

Por eso a veces estallaba en furia, experimentaba un deseo de venganza tardío y retroactivo. Muchas veces quiso matar con sus propias manos a sus padres, a los niños de la escuela que se burlaron de él, a todos aquellos que un día lo ultrajaron, pero ya no podía, porque esos menores habían crecido hacía muchos años y él apenas se estaba enterando. Sus padres ya habían muerto, sin ni siquiera despedirse. Él tampoco los había llorado en esos momentos, pero ahora, muchos años después, la tristeza por sus partidas comenzaba a invadirlo. Biri biri era un tipo tardío en todos los sentidos. Se metió las manos al bolsillo y encontró un pedazo de planta amarrada con una banda elástica de caucho. Se acordó entonces que había dejado algo enterrado en el bosque y, cambiando radicalmente su rumbo, se dirigió hacia el árbol que veía en su mente, donde encontraría el tesoro que lo esperaba.

—Biri biri —se dijo a sí mismo, mientras de nuevo su sonrisa afloraba en su rostro babeado.

A la distancia, el alcalde alcanzó a ver su figura pasando entre los arbustos, al final de la última calle de la colonia, la maldita calle Melancolía.

Observando su accionar, el mandatario siguió con cuidado los movimientos de su hermano. Para evitar causar alerta en él, apagó su Jeep y comenzó su rastreo a pie. Biri biri arribó hasta la casa del Alma en Pena y sin pensarlo se adentró en su jardín lleno de maleza. Sus brazos se cortaban con algunas ramas deformes que crecían por cualquier parte, pero él, absorto en su labor de pirata, no les daba importancia a sus heridas superficiales. Un pensamiento no deseado llegó hasta la mente del mandatario, pero intentando deshacerse de él, prosiguió su persecución.

Con sus movimientos torpes, Biri biri logró pasar el jardín, y luego saltó hasta el patio trasero de la vivienda. Se metió tras unos arbustos y de allí sacó un lazo de cabuya similar al que se desprendía de sus campanas. Se arrimó a un árbol y lanzó la cuerda sobre una de las ramas. Un escalofrío recorrió el cuerpo lánguido del alcalde. Sintió un desvanecimiento en sus brazos.

Biri biri haló con fuerza la cuerda hacia abajo, y luego le hizo un nudo grueso en la punta. Una mueca de alegría salió de su cara.

—Biri biri —dijo.

El mandatario estaba confundido. Mil ideas pasaron por su mente en pocos segundos. De un momento a otro recordó algo que lo alertó; de inmediato, corrió hacia la casa de Ágata Quintero.

Cuando Biri biri vio que el alcalde llegaba, abrió sus brazos y se abalanzó sobre él. Era una de sus personas favoritas en el mundo, siempre quería abrazarlo, pero el fuerte sonido de un disparo lo detuvo en seco. Sin entender la razón miró su pecho que sangraba; luego, con dolor, cayó al piso mojado.

—Biri biri —dijo llorando antes de cerrar los ojos.

21

Echando chispas de la rabia estaba Fermín Estirado, quien tras pagarle a la rubia Bondades el dinero que le había pedido para guardar el secreto de su amorío, se enteró de que todos en el pueblo conocían al detalle los secretos de su vida privada. Los primeros que lo confrontaron fueron sus dos hijos, Rómulo y Remo, que no podían creer el rumor escuchado en el supermercado. Rómulo, que siempre había estado enamorado de Josefina, defendió a golpes el honor de su familia, después de que uno de los empleados de Teresita se burló de él, aduciendo que estaba encaprichado con su propia hermana. El empleado lo llamó incestuoso en varias ocasiones, enfatizando que Fermín era un villano que había quebrantado el noveno mandamiento de la ley de Dios, pues no solo había deseado a la mujer del prójimo, sino que además se la había cogido. El mayor de los Estirado no aguantó aquella ofensa, y sin importarle los clientes presentes, se lanzó hacia él y le quebró la nariz de un golpe. Por su parte, Remo se mostraba avergonzado de solo pensar que su progenitor traicionaba los mandamientos, porque si ya había violado el noveno, ¿qué no habría hecho antes con los otros?

Fermín les aseguró que amaba a Dios sobre todas las cosas, y que jamás había matado, aunque ahora tenía unas enormes ganas de matar a Bondades. Lo que más le daba coraje era que aquella chismosa se hubiera aprovechado de él prometiéndole silencio a cambio de pagos mensuales, que por cierto eran jugosos. Ya le había adelantado dos cuotas y le había hecho un préstamo extra para comprar su auto. Ahora no solo tendría que encarar al pueblo entero que estaba en su contra por su accionar inmoral, sino que además el alcalde vendría a vengarse. Su vida estaba prácticamente destrozada, y lo único que podía hacer era negar su culpabilidad y decir que la rubia Bondades había obrado motivada por el rencor, ya que él no quiso otorgarle el préstamo que ella deseaba. Fermín comenzó su acto de negación con sus dos hijos, a los que juró en vano que no eran ciertos los rumores.

Antes de ir al banco, se detuvo en la casa esquinera donde vivía Bondades, dispuesto a recuperar su dinero y a llevarse el auto que esta había adquirido con sus préstamos, pero no esperaba que la rubia estuviera maquinando su último plan con miras a conservar sus ganancias malogradas. El regordete banquero se bajó de su camioneta gigante y tocó la puerta con violencia, casi tumbándola. Bondades, que estaba arreglándose para ir al banco a jugar sus cartas, se dio por bien servida al ver a aquel hombre en su propia vivienda. Inmediatamente se desabrochó los botones de la camisa que llevaba puesta, dejando visible su pronunciado escote y su sostén negro. Antes de abrir se levantó un poco la falda corta, asegurándose de que sus medias veladas y su liguero de encajes estuvieran a la vista. Con rapidez se soltó el cabello mientras escuchaba nuevos golpes en su portón, se pintó la boca con el primer labial que encontró, uno que era de la pecosa Sarita, y maniobró su plan en pocos segundos.

Al abrir la puerta, la ira de Estirado quedó petrificada por un momento de seducción que no esperaba. Comenzó a gaguear como le pasaba cada vez que la veía de frente. Sabía que aquella mujer era una arpía, que solo lo usaba para beneficiarse económicamente, pero en ese momento poco le importaba, pues los exuberantes atributos que ahora visualizaba eran más fuertes que las malas intenciones del amor de su vida.

—Estoy tan avergonzada contigo —dijo ella, cambiando su voz por la más sensual que tenía en su repertorio. Luego, verificando que su liguero se viera bien, lo invitó a seguir para darle la explicación que merecía.

Fermín era demasiado débil. Le traía unas ganas intensas a la rubia desde hacía muchos años, y ese era el momento en que más cerca había estado de hacerla suya. La frente se le empapó en sudor, y toda la furia y los planes que traía consigo un minuto antes, ahora se habían transformado en un enorme deseo carnal. Caminó hacia el anzuelo sabiendo que saldría mal librado de aquella trampa y que, posiblemente, perdería más dinero con ella, además tendría que asumir las consecuencias del chisme que se esparcía por el pueblo como olor a quemado, pero en ese momento todo lo que le importaba era acostarse con ella y saciar su fantasía sexual.

—Devuélveme el dinero —dijo sin seguridad, pensando que, con tal de no hacerlo, su Bondades se esparciría en actos bondadosos para él, pero no contaba con su respuesta inteligente.

—Te devolveré hasta el último peso. Lo tengo todo bajo mi cama —y siguiendo el plan al pie de la letra, se agachó sin doblar las rodillas, dejando apreciar al sudoroso individuo el paisaje que residía bajo su falda.

El aire le faltó y sintió que estaba a punto de colapsar. Un calambre momentáneo recorrió su pecho y se le incrustó en la axila izquierda, pero él, aparentando que estaba bien para no perder la oportunidad de oro que se le presentaba, levantó sus brazos y tomó una bocanada de aire, que le calmó por un instante el punzón que ahora bajaba a su abdomen.

Bondades sacó el dinero y se lo entregó, mientras seguía jugando a seducirlo hasta que fuera él quien diera su brazo a torcer. Haciendo figuras con su lengua, le dijo que el auto estaba aparcado en la calle, y que traería las llaves para que pudiera llevárselo.

Fermín estaba a punto de reventar. Estaba a escasos segundos de perder la razón y acceder a cualquier petición que le hiciera ella, por descabellada que fuera. Si le hubiera pedido que le escriturara todo a su nombre en ese momento, de seguro lo habría hecho. La voluptuosa rubia hizo un puchero mientras le entregaba las llaves. Para ese momento ya había desabrochado todos los botones de su camisa, enseñando un poco más que su sostén.

Fermín no aguantó más aquella presión y, dándose por vencido, le dijo que aún podrían hacer un arreglo.

Ella sonrió. Sabía que de nuevo lo tenía en sus manos. Ahora solo faltaba darle la estocada final, el golpe con el que cortaría orejas y rabo. Con delicadeza y usando el movimiento de sus firmes atributos, le dijo con un beso en la comisura de sus labios, que todo en la vida era negociable, y que ella era una complaciente contraparte. Fermín temblaba desde sus zapatos hasta la cabeza sin pelo. Los dedos gordos de sus pies comenzaban a tener espasmos no controlados, como tampoco controlaba su mente, y muy pronto su bolsillo. La rubia lo lanzó a la cama, en la que cayó sentado, haciendo crujir con violencia las tablas. Él trató de tocarla, pero ella detuvo su mano, indicándole que fueran despacio, que aún estaban haciendo negocios. Aquel hombre se quería morir, no sabía controlar sus ansias, ni las partes de su cuerpo. Era como si cada músculo se moviera sin avisárselo, sin que él se diera por enterado. La vena que sobresalía en su frente brincaba como gusano en una hoja de plátano en llamas, y las rodillas se golpeaban sin proponérselo en una batalla por ver qué parte de su anatomía sucumbiría primero.

—Hoy podrías tener todo lo que quisieras, pero depende de qué tan generoso seas conmigo —dijo ella, pero lo único que el gordo entendió fue que iba a tener todo lo que quería, y en ese momento él lo quería todo.

Bondades se sentó sobre él, y tomándole las manos las posó sobre sus nalgas. Casi desmayándose, Estirado se sintió el hombre con más suerte sobre la faz de la tierra. Con sus dedos comenzó a tocarla de manera torpe. Ella, sabiendo que aquel sacrificio tendría que valer la pena, se rasgó su blusa y desabrochó su brasier, dejando al aire sus grandes pechos.

—¿Los quieres?

Sin palabras y con la boca abierta de par en par, respondió afirmativamente con su cabeza; entonces, la rubia le dijo que le firmara uno de los cheques que traía en su saco para comprar aquella casa, pues estaba a punto de quedar en la calle.

—Te lo firmo más tarde –dijo aquel, pero ella ya tenía la chequera en la mano, al igual que un bolígrafo. Antes de que el hombre pudiera pensar qué hacer, ella posó su pecho en su cara, haciendo todo lo posible para ganar aquella batalla financiera.

—¿Por cuánto? —Inquirió este.

—No te preocupes, más tarde le ponemos el monto.

Sin importarle nada más que cumplir su oxidado deseo, el banquero accedió a firmar el cheque en blanco.

Tras aquella estocada a favor de su economía, la rubia Bondades cerró los ojos y dejó que su víctima saciara su antojo por unos instantes, igual estaba convencida de que no sería mucho el tiempo de su sacrificio, aunque media hora después y sorprendida para bien, pensó que quizás a veces en la vida se gana por partida doble.

22

Teresita Mesa se dirigía en su auto al hospital donde estaba Lucas, en el pueblo vecino. Aurora la acompañaba llena de curiosidad y expectativa ante los cambios que se avecinaban después de conocer la verdad de su pasado. No tenía razones para no creerle, y aunque sabía que toda verdad tiene al menos tres caras diversas, ella estaba satisfecha con la que conocía. Los años se encargarían de mostrarle las aristas de aquella revelación, porque si de algo estaba convencida a su corta edad, era de que el tiempo, ese desconocido y misterioso factor de la existencia, tenía en sus alas la sabiduría que poco a poco ganaría. Solo tenía que ser paciente y estar atenta a las señales del camino, esas mismas que compartiría algún día con sus hijos como máximo legado de vida.

Miró a la mujer que estaba a su lado, y en ella vio reflejada a su madre. Su madrina la había cuidado desde que tenía uso de memoria y, a pesar de que fue criada por su tía Consuelo, siempre contó con la protección directa y el apoyo económico de esta. Vivía a pocas casas de distancia de Teresita, en la misma residencia en la que una partera la había traído al mundo en una madrugada de julio. Desde que terminó los estudios básicos, inició su trabajo en el Café Central, y en el transcurso de algunos meses ya era la administradora de este. Por algún tiempo vivió sumida en la tristeza de haber perdido a su madre sin disfrutarla, pero a través de ese dolor se hizo fuerte y decidió no victimizarse, sabiendo que, si lograba afianzar en sí misma una actitud férrea como la de su madrina, podría ser el soporte para sus nuevas generaciones. Ahora no solo las unía el hecho de ser su ahijada, sino que además era la hermana de su hijo.

—¡Vaya confusión! —pensó, y luego, risueña, añadió en voz alta: —¿Qué venimos siendo entonces?

Su madrina también sonrió ante la pregunta que ella misma se había hecho desde que se enteró de que su hijo estaba vivo.

Aurora le dijo que no había dejado de pensar en Ferdinando. Desde que se enteró que era su padre, había hecho una recapitulación mental de los momentos en que tuvo algún contacto directo con el sacerdote y, solamente, se acordaba de dos instantes en que este la miró diferente a lo acostumbrado.

Ante su marcada insistencia, Teresa le confirmó una y otra vez que el cura sabía bien que ella era su hija, pero que nunca hizo el mínimo comentario al respecto, ni siquiera a ella, con la que mantuvo una relación especial por muchos años.

—¿Lo amas? —preguntó la muchacha.

Teresa ciñó los labios y no contestó. Era una pregunta complicada. Tenía que ser sincera con ella misma antes de contestarla. Pensó que era difícil borrar de un momento a otro los sentimientos que por décadas eran solo para él, las noches de pasión que una vez incendiaron su cama, la admiración intelectual que por años llenó todos sus vacíos, los ojos negros que volaron entre sus sueños, incluso cuando estaba despierta. No sabía cómo despojarse de ese pasado, pero también lo odiaba por su altivez desmedida, por su ego enfermizo y, sobre todo, por no responsabilizarse de sus actos humanos usando como pretexto a Dios, como si le perteneciera exclusivamente a él.

—No —contestó ella con seguridad. No podía amar al hombre que la separó de su hijo por más de veinte años, a ese ser que abusaba a su antojo de la fe de su rebaño y que les prohibía el mayor regalo del universo, la felicidad—. ¡Qué cegada estaba! —analizó con rabia, sintiéndose una idiota por no ver la realidad. Se llenó de impotencia al darse cuenta de que la vida se comienza a entender demasiado tarde, cuando se han cometido ya mil errores y cuando el cuerpo ya no tiene la misma fortaleza para volver a empezar. No le resultaba justo que todo funcionara un poco al revés, que la sabiduría llegara como regalo añejo, que el camino se bifurcara tantas veces para que al final volviera a ser uno solo.

El arribo al hospital estuvo enmarcado en las ansias mutuas. Sabía que Lucas había despertado del coma, según confirmó Matilde en su llamada telefónica. A pesar de que aquel muchacho desconocía los recientes acontecimientos, ella sabía en su interior que con la ayuda del tiempo todo recuperaría la normalidad.

23

En el Jeep de la alcaldía era llevado Biri biri hacia el hospital. El mandatario, que conducía el vehículo, le gritaba que resistiera. Tenía sentimientos encontrados. Lo odiaba al pensar que había matado a Josefina, pero al mismo tiempo le dolía verlo muriendo por sus propias manos. Aceleró todo lo que pudo.

—¡Resiste, resiste! —seguía gritándole con fuerza, pero ya iba inconsciente por la cantidad de sangre perdida.

Las manos del mandatario temblaban sobre su cabrilla. Se encomendó al cielo por ayuda. No quería que muriera allí, en el auto, sin recibir atención médica.

—¿Qué hiciste? —gritaba con desespero a su acompañante, pero aquel reproche iba dirigido a sí mismo. Era la primera vez que accionaba su revólver en contra de alguien, la primera vez que realmente atinaba al blanco. Con ese disparo había quebrado todas las botellas vacías a las que nunca pudo ni siquiera rozar mientras entrenaba con sus amigos. Aquella bala pequeña ahora abría en su cabeza un cráter más grande que el planeta. El sonido rechinado de las llantas al girar se escuchó en las calles. Todos reconocieron el auto del alcalde.

—Ha perdido la cabeza, un día de estos va a matar a alguien —dijo Lola Rumores al verlo pasar.

Biri biri siempre había sido muy especial con él. La mayoría de los recuerdos eran buenos. Jugaban juntos desde pequeños y, aunque a veces lo invadía la impaciencia por su lento actuar y su carencia de sentido común, al final terminaban en risas, propiciadas por la nobleza ingenua que llevaba en su alma. Era como si no tuviera maldad. Trataba a todos por igual,con abrazos y caricias, como si todos los que le rodeaban fueran tan buenos como él, hasta el día que comenzó a sentir el dolor causado por la burla ajena, el desprecio y la antipatía; comprendió, entonces, que el mundo era un lugar malvado, donde el más fuerte aplastaba con actos hirientes al endeble, donde ser diferente era un castigo imputable a los pecadores, y en el que el amor se medía en perfecciones y apariencias, en posesiones y juramentos en vano. Se dio cuenta a tardía edad que generaba vergüenza a sus padres, hecho este que cambió su temperamento dulce. Sin entender el motivo, una semilla oscura comenzó a germinar en su pecho a pesar de no abonarla con predisposiciones, pues él seguía esperando lo mejor de los demás. La sociedad se encargó de moldear su carácter introspectivo, hasta el punto de aislarlo por completo. Era el hazme reír del pueblo, el monstruo que causaba temor a los más pequeños.

Su compañía más cercana fue un grupo de golondrinas que cada mañana, sin falta, cantaba en la ventana de su ático, donde permanecía oculto. Las aves de plumaje negro y vientre de nieve intentaban comunicarse con él, pero no las entendía. Pensó que era debido a su marcada diferencia auditiva. Con esfuerzo máximo trataba de entenderlas, de asociar los sonidos que salían de sus picos, pero no lograba darse por enterado de lo que querían. Quizá era algo importante, pensaba con tristeza. Captando lo poco que lograba escuchar les contestó de la misma manera. "Biri biri, biri biri", y ellas, sintiendo la calidez de su voz, se quedaban allí por horas, disfrutando de su bondad.

Su temperamento violento y agresivo se hizo notable en sus años de adolescencia, especialmente al enterarse de que era más grande que otros muchachos. Una tarde, mientras salía de misa con su madre, el joven Fermín Estirado, hijo del banquero del pueblo, comenzó a reírse de él a la distancia, emulando su caminar torcido, haciendo muecas y escupiendo a los cuatro vientos. El grupo de fieles que salía de la iglesia no evitó las risas por la excelente imitación. La sangre subió a su cabeza grande y, sin pensarlo dos veces, Biri biri se abalanzó sobre él y a puños le reventó la nariz. Sin darse cuenta de lo que hacía, aquel joven, cegado por la indiferencia ajena y encarnizado con su presa, tuvo que ser separado por tres hombres corpulentos que no lograron evitar la semana y media que Estirado pasó en el hospital.

A partir de aquel incidente, le fue prohibida su conexión con el exterior. Su madre no quería estar pagando cuentas médicas a las víctimas de su hijo, decidiendo que lo mejor para la familia era alejarlo del mundo, aún más de lo que ya permanecía.

La soledad se hizo su mejor aliada, al igual que las golondrinas que lo visitaban a diario, esas amigas leales que lo amaban por nada, solo por amarlo.

El único contacto directo que tenía cada día era cuando su hermano menor subía a su cuarto después de llegar de la escuela. Juntos pasaban largas horas jugando con soldaditos de plástico, con trompos y carros, esos que con los años sufrieron metamorfosis y se transformaron en cigarrillos y revistas con fotos de mujeres en trajes de baño.

Nunca aprendió a fumar, pero siguiendo el ejemplo de otros, se metía a la boca aquellos puchos que encontraba bajo la cama, y sin saber cómo, lograba que el humo saliera por sus orejas. Rápidamente se volvió una sensación entre los amigos de su hermano, que frecuentaban el ático de la casa, no solo para disfrutar de los actos raros del extraño muchacho, sino también para consumir alcohol sin que nadie se enterara. Gracias a su hermano tenía nuevos amigos, aparte de sus golondrinas, y gracias a él lograba integrarse de nuevo a una sociedad que se acostumbró a verlo sin burlas ni comentarios. Su hermano era su héroe, su guardián protector. Si en las manos de alguien quería morir sería en las suyas, mirándolo a los ojos, escuchando de sus labios que todo estaría bien.

—No te vas a morir aquí —dijo el alcalde, que ya había llegado al hospital y que cargaba en sus brazos al moribundo, mientras gritaba por un médico—. ¡Quédate conmigo, hermano, quédate conmigo! —gritó una vez más.

24

El abogado de apellido Extraño llegaba nuevamente a la casa cural, pero esta vez citado por el propio sacerdote. Ferdinando sabía que era uno de los mejores juristas de la región, y quién mejor que él para llevar el caso que lo atormentaba, el de la herencia de la vieja Lourdes.

Se negaba a pensar que toda su planificación y arduo trabajo habían quedado anulados por las disposiciones incoherentes de la borracha, y confiaba que existiera una figura legal que jugara a su favor. Había indicado al abogado que podía comprobar que Josefina, la heredera máxima, no era hija del alcalde, y que por tanto ese testamento carecía de validez, pues al momento de firmarlo habían engañado a la enferma testadora. Le enseñó su prueba reina, que guardaba dentro de la biblia abierta sobre un atril en la sala de su casa. Era el testamento previo que había dejado la mujer, en donde claramente se leía que el receptor de la mayoría de sus bienes era él. El documento databa de dos años antes, tiempo en el que Lourdes cambió drásticamente su voluntad, según Ferdinando, engañada por el alcalde y Josefina.

El abogado, a sabiendas que muy poco podía hacer en ese caso, le pidió un adelanto de dinero para comenzar el proceso, llenándolo de falsas esperanzas.

Feliz, el sacerdote accedió a pagar lo que fuera necesario con tal de ganar aquella batalla judicial. Tenía planeado poder retirarse como merecía, lejos de aquel pueblo asqueroso que tanto odiaba, lejos del recuerdo de la mujer que destruyó su ilusión de amor, y lejos de esas malditas golondrinas que cada mañana se cagaban en el atrio de su iglesia.

Cuando el abogado se marchó, Ferdinando tomó el teléfono y llamó a su sobrino, el inspector de policía. Quería contarle que el esfuerzo realizado sí iba a dar frutos muy pronto. Tenía que tranquilizarlo porque su nerviosismo podría echar por la borda el plan que juntos llevaban a cabo. Las noticias que recibió de su parte dejaron al cura en un estado de éxtasis profundo. No podía creer las buenas nuevas que escuchaba: El alcalde había matado a su propio hermano, acusándolo por la muerte de Josefina.

—Dios existe —le dijo Ferdinando, lleno de gozo.

25

Ágata bajó la montaña con el sol alumbrándole el rostro. Hacía más calor que de costumbre. Miró al cielo y se sorprendió al ver el firmamento azul sin una sola nube oscura. Buscó con su mirada las golondrinas que normalmente revoloteaban por allí, pero no las encontró. Tampoco sintió viento. Las flores de la montaña estaban quietas, ni siquiera el pasto se movía. Parecía que el tiempo se hubiera detenido. Una mariposa azul pasó volando muy cerca de su cabeza. Observó el paisaje que la rodeaba. Había un silencio estático como pocas veces había experimentado. "¿Habré quedado sorda?", pensó preocupada, y entonces aplaudió con fuerza, comprobando que escuchaba bien el sonido de sus palmas. Prosiguió con cautela, esperando escuchar a algún vecino con sus insultos acostumbrados, el ladrido de los perros, o incluso el arroyo que pasaba cerca, pero no oyó nada. Incómoda pensó que algo muy raro pasaba y no le querían decir nada para no asustarla. Se arrodilló sobre el bosque. Quería sentir la tierra besando sus rodillas, percibir la humedad del piso penetrando sus huesos, pero no sintió nada. "¿Estaré muerta?", se preguntó, pero luego se retractó de su idea. Si moría, ¿quién se encargaría de la casa? ¿Quién bailaría con Emilia en las noches? Se puso de pie y de nuevo una sensación extraña le abrazó la piel. Se sintió triste, desolada, como si algo se hubiera desprendido dentro de su cuerpo. Se tocó el vientre pensando que estaba sangrando, pero en realidad estaba seca.

—¿Qué está pasándome? —se dijo en voz alta.

De repente, arreció con fuerza un ventarrón que la movió de un extremo al otro. Su cabellera larga se posaba en su cara y le impedía ver lo que pasaba. Intentó dar un paso más, pero la violencia del viento se lo impedía. La yerba se mecía al igual que ella, con potencia, y los pétalos de las flores volaron por el aire. Ni siquiera era capaz de levantar los brazos para protegerse de los golpes de brisa y maleza que recibía en su rostro. El cielo se llenó de nubes negras y cientos de golondrinas pasaron volando muy bajito, aleteando bruscamente sobre su cabeza. Su falda se movía con furia, y su piel se congeló. Alzó la vista para visualizar el paisaje polvoriento que se levantaba. Allí, frente a ella, estaba Hugo tomado de la mano con Emilia, a escasos metros de distancia. Ambos la miraban con enorme tristeza.

—¿Qué les pasó? —preguntó Ágata, pero el sonido agudo del viento se interpuso y no fue escuchada.

El pelito rubio de su hija no se movía, tampoco la ropa que traía puesta, ni la bufanda roja de Hugo. Ágata pensó que era víctima de la fuerza de un tornado, y agradeció que ellos estuvieran fuera del cono principal. Ellos caminaron en su dirección y se posaron a escasos pasos. Un relámpago sacudió la tarde, y en segundos sonó un estrepitoso trueno que hizo crujir la tierra desde sus entrañas.

—¡Mami! —gritó la pequeña.

Ágata trató de acercarse, pero no podía dar un solo paso. Una fuerza extraña se lo impedía. Su esposo la observaba con sus ojos verdes brillantes. Una mueca de pesar brotó de su rostro.

—¿Qué pasa? —preguntó ella, ignorando lo que sucedía.

—Ya no te podemos ver más —dijo de nuevo Emilia. La niña miró a su padre y le hizo una seña para que le explicara a su madre lo decidido. Hugo sonrió torciendo la boca. No reflejaba alegría, tampoco tristeza, era más bien como si no tuviera alternativa.

—Es hora de que sigas sola.

El día temido por Ágata estaba llegando. Siempre supo que el terremoto anunciado por sus antecesores destruiría su vida.

—¡No! —gritó con todas sus fuerzas, y despertó empapada en sudor sobre su cama tendida. Su respiración agitada le hizo sentir que estaba teniendo un paro cardiaco. Tenía los ojos encharcados y, apenas entendiendo que se había tratado de una pesadilla, comenzó a llorar. Hacía mucho que no desahogaba su amargura, porque poco tiempo libre le quedaba para esos menesteres románticos de las lágrimas. Esta vez no podía controlar sus emociones. Lloró por horas sentada sobre su cama. Luego pasó al sofá, donde siguió llorando su tristeza, la que desahogó además en la cocina, en el baño, y en la entrada de su casa, donde se sentó en el columpio que había elaborado unos días atrás junto a Biri biri.

—Un mal sueño, fue solo eso —se dijo a medida que recuperaba la calma.

Las pesadillas recurrentes en los últimos meses la agotaban al punto de drenarle su energía. Sentía que su cuerpo entero se paralizaba, que la sangre no circulaba por sus venas, que su cuerpo no entendía nada. Suspiró dos veces más, quizás tres, y estando más tranquila sonrió, repitiéndose de nuevo que había sido solo una pesadilla.

Miró el reloj en su muñeca. Eran las nueve de la mañana. Estaba tarde para su cita con Biri biri, él le ayudaría a preparar los juegos de jardín para Emilia. Si en alguien confiaba en aquel pueblo era en él, a quien conoció estando muy joven, y con quien siempre mantuvo una buena relación. Lo amaba por ser un alma pura. Era la única persona que nunca había dejado de saludarla con un abrazo y un beso. De la misma forma siempre había saludado a Emilia y a Hugo, quienes también amaban su gran corazón.

Sin que nadie se enterara, pasaban muchas tardes encaramados en la torre más alta de la iglesia, junto al campanario, haciéndose compañía e imitando las voces de los súper héroes que aparecían en las revistas que ella le regalaba. A veces tocaban las campanas entre los dos, y a carcajadas se turnaban cada dos o tres segundos para hacerlas sonar, creando inclusive una coreografía perfecta que ya sabían de memoria. Aquel hombre era la única persona con la que compartía sus amarguras, el único ser en el mundo al que le había contado todo sobre su vida, aunque ni él mismo se acordara después. La amistad que mantenía con el buen hombre le devolvía la fe en la humanidad. Deseaba que más personas fueran como él, y rezaba todas las noches para que el creador del universo permitiera que algún día los adultos tuvieran alma de infantes, tal como su amigo, que no se fijaba en las apariencias, que no juzgaba, que no tenía prejuicios con nadie, ni siquiera con los que lo herían. Biri biri olvidaba los atropellos con rapidez, y con rapidez volvía a amar a quienes los habían cometido.

Ágata bajó corriendo la montaña y en menos de quince minutos llegó a su casa del pueblo. No lo encontró. Estaba acostumbrada a su puntualidad, pero entendió que siempre hay un momento para las primeras veces. Adelantando su trabajo de la mañana, la mujer se metió en los arbustos y buscó los lazos de cabuya que junto a él escondió tras los árboles, pero solo encontró una de las cuerdas. Extrañada, caminó alrededor del patio, donde observó con terror que al pie del árbol principal había rastros de sangre. Se acercó con desconfianza y verificó que estaba fresca. Miró hacia arriba del tronco, descubriendo que en una de sus ramas estaba enredada la manija con la que fabricarían los columpios para Emilia.

26

Entre la vida y la muerte se debatía Biri biri. La bala incrustada en su tórax le había quebrado algunas costillas y comprometía varios órganos. Los médicos de turno lo operaban de urgencia, intentaban salvarlo. El alcalde no paraba de llorar en la sala de espera. El inspector de policía estaba con él, al igual que algunos uniformados del pueblo vecino que apoyaban la investigación.

Siguiendo las indicaciones de Ferdinando, el inspector intentaba lograr que la declaración del mandatario incriminara a Biri biri como autor material del asesinato de su hija. En ningún momento el alcalde lo había hecho, aunque sí manifestó que vio a su hermano con un lazo de cabuya haciendo un nudo especial en el mismo tronco donde apareció el cuerpo ahorcado de Josefina. Abatido, indicó que minutos antes al hecho, su hermano había obrado con violencia por algunas calles del pueblo, desde la plaza principal hasta la calle Melancolía, donde logró interceptarlo. Esa mañana todos habían visto a Biri biri lanzando piedras y hundido en la ira máxima, sin saber las razones.

—¿Por qué le disparó? —preguntó uno de los investigadores.

El alcalde les dijo que en el momento en que su hermano estaba haciendo el nudo en el árbol, recordó unas palabras dichas por este un año atrás, y a las que solo dio significado en ese momento. Explicó que cuando Lourdes, su madre, estaba en el lecho de muerte, él y su hermano pasaban horas enteras sentados al lado de su cama, acompañándola en sus últimos respiros.

Dos días antes de expirar, y por petición de ella misma, su hija Josefina había llegado a verla. Aunque las dos mujeres hablaron a puerta cerrada, ni su hermano ni él pudieron evitar la curiosidad de aquel momento esperado por todos, y pegados a la puerta escucharon buena parte de la conversación. El alcalde prosiguió:

—Ese día, horas más tarde, el abogado de mi madre llegó a casa, también por petición de ella. Se encerraron de nuevo en el cuarto. Esta vez, el único que paraba oreja pegado a la puerta era mi hermano. De un momento a otro explotó en gritos, y su furia se transformó en violencia. Pateó todo lo que encontró a su paso, incluso a mí. Quebró algunos vidrios, espejos, platos, en fin, todo lo que pudo. Antes de salir de casa gritó que la mataría. Yo no entendí nada hasta mucho después, cuando mi madre me dijo que había cambiado su testamento, y que le dejaría todo a Josefina. Comprendí que la molestia de mi hermano surgía entonces de la conversación que escuchó, y no porque haya querido dinero, pues a él no le importan los bienes ni las posesiones materiales, es más, ni sabe la diferencia entre el valor de una moneda o un billete. Pero le dolía que mamá lo hiciera a un lado de nuevo.

Dos hombres escribían las declaraciones del alcalde con pelos y señales. El demacrado mandatario continuó, indicando que siempre pensó que su hermano se refiría a su madre cuando mencionó que la iba a matar, pero esa mañana, mientras lo veía colgando el lazo en el árbol, se dio cuenta de que se refirió todo el tiempo a Josefina, a su pequeña Josefina.

—Pensé que se iba a ahorcar, y traté de detenerlo. Tenía mi arma en la mano para que me hiciera caso, pero antes de que pudiera hablarle, él se abalanzó con fuerza sobre mí, y en medio de mi angustia halé el maldito gatillo. Nunca quise matarlo, nunca quise hacerle daño a mi hermano —dijo el hombre, mientras se derrumbaba.

Su estado daba lástima.

—¿Está seguro de que su hermano asesinó a Josefina? —preguntó el inspector, a punto de escuchar oficialmente la acusación que cerraría el caso.

El alcalde lo miró detenidamente y luego, llorando, dijo que era lo más probable.

Un médico de turno llegó a la sala de espera. Preguntó por la familia del herido y se alejó a un rinconcito con el alcalde.

En silencio todos observaron cuando el mandatario se llevó las manos a la cabeza y cayó arrodillado en contra de la pared.

—Alcalde —le dijo el inspector de policía—. Queda arrestado por el homicidio de su hermano. Lo siento —y poniéndole las esposas, se lo llevó en su auto hasta El Azote, la cárcel del pueblo.

27

"Cómo cambia la vida en un minuto. Es una ruleta que gira y gira velozmente, jugando con todos los que la padecemos, haciendo a su antojo lo que le da la gana con lo que se mueve a su alrededor. No sé si hay alguien encargado en algún sitio, una fuerza superior que controla cada paso, cada pensamiento de cuantos habitamos el universo. Quisiera creer que no es así, que estamos haciendo uso de la idea romántica del libre albedrío, que tenemos libertad para tomar decisiones, que no hay dioses ni sinos, y que no estamos atados a seguir los lineamientos impuestos ante el miedo de la eternidad. Me atormenta la idea de pensar que hay un ser que nos juzga, y que, por miedo a su juicio, y al destino que se avecina, tengamos que ser buenos, y no porque encontremos bondad en nuestra naturaleza. Sería algo así como mantener una relación de pareja con una persona con la que no se es feliz, pero que es conveniente para todos. ¿Dónde está la libertad en ese caso?

Al escribir esta carta introductoria, pienso que solamente hace unos días, en este pueblo alejado, nuestro alcalde celebraba la mejor fiesta de su vida, de su perfecta vida que, ante los ojos ajenos, era tan envidiada, pero lo cierto es que estaba llena de dolores y vacíos. Hace solo unas noches no pasaba nada en medio de estas casitas pausadas en el tiempo, de esta villa distante y olvidada por todos, de este paisaje ficticio. Aquí nada pasaba. Respirábamos sin saber que lo hacíamos, nos movíamos de un lado a otro como lo hemos hecho por años o siglos, ya no entiendo la diferencia. Pero un día y sin anuncios, como quiero creer que sucede en todas partes, llegó la mano entrometida de la supuesta creación, de ese ser sin género que con furia en su cabeza movió hilos a su capricho, y dándole rienda suelta a su imaginación corta y malvada, inició una partida de ajedrez sin estrategias ganadoras, y con la que haría tanto daño. Ahora todo ha cambiado, el pueblo no es igual, no lo somos nosotros, ni tampoco lo serán nuestras generaciones futuras. Ni siquiera la creación misma, porque las consecuencias de sus actos tienen que retumbar en su propia existencia, aunque sea el dios que nos dio vida, el alfa de nuestra historia, el punto de partida que no pedimos ni esperamos".

Con las vivencias propias latentes, Aurora Andrade iniciaba el proyecto de grado de sus clases de escritura, la creación de una novela. Era una de las protagonistas obligadas de un cuento real que sonaba elaborado y quimérico, y que ella misma decidió no escribiría. Siempre había dicho que la vida se vive tres veces: Cuando pasa, cuando se recuerda y cuando se escribe. Y ella, intentando no pasar por aquellos momentos en una tercera oportunidad, se limitaría a recordarla, tal y como la sentía, pero enfocaría sus letras en la creación de otros mundos, donde las víctimas serían por fin otras diferentes, para que su pueblo tomara un respiro y volviera a sentir la paz que tanto requería. Pensó de nuevo en la vida y sus secuelas. Ahora ella crearía un universo paralelo, con personajes como ella misma, con pasiones que inquietarían a unos y quemarían a otros, con vidas y muertes, con risas y odios. La punta de su lápiz la convertiría en dios, poderosa, omnipotente. Ignoraba cómo funcionaría ese mundo nuevo, si esos seres que crearía le rezarían implorándole perdones y alegrías, si ella tendría compasión o si, por el contrario, se vengaría de sus dioses con sus propios hijos creados en sus páginas, pues al final, todos los dioses son uno mismo.

28

Ágata Quintero asistió al juzgado de la ciudad para declarar en el proceso que se le seguía al alcalde por el asesinato de su hermano. El entierro de Biri biri había sido uno de los eventos más tristes de su vida. Su cuerpo solo fue acompañado al cementerio por un grupo pequeño de moradores del pueblo. Las acusaciones en su contra como el asesino de Josefina habían originado el odio y la repulsión de la mayoría. Ni siquiera tuvo una ceremonia religiosa de despedida. Ferdinando se negó a aplicarle el sacramento final, pues este no lo merecía.

El alcalde pidió un permiso especial para llevar a su hermano a su última morada, pero su petición le fue denegada. Biri biri estaba nuevamente solo y despreciado. Junto al sepulturero estaban Teresa y Aurora. Las dos mujeres lo conocieron bien y siempre habían tenido un cariño especial por él. A Teresita le parecía todavía que era imposible que Biri biri fuera responsable de la muerte de su propia sobrina. Había sido testigo directa de las muchas tardes en que Josefina y su tío compartían risas y caramelos, y en las que, en medio de abrazos y besos, este le demostraba lo mucho que la quería. Para Josefina, Biri biri representaba el único contacto con la familia de su padre, y estaba agradecida por eso, por poder sentirse protegida por su tío que, aunque con sus discapacidades mentales y físicas conocidas por todos, siempre hacía hasta lo imposible por velar por su cuidado. Teresita también tenía sus dudas sobre la culpabilidad del hombre que ahora descansaría a cuatro metros bajo la tierra mojada. Lo conocía desde siempre, y por más esfuerzo que había hecho para acordarse de algún momento en que pensara que era peligroso, no lo logró. Todas las memorias que tenía de Biri biri, que había recolectado por más de cuarenta años, eran imágenes llenas de bondad, a excepción de la mañana en que le quebró la cara a Fermín Estirado, estando ambos en la adolescencia. De resto, Biri biri adquirió un temperamento casi de mártir, donde sin importar las burlas, las ofensas y los desprecios recibidos, él seguía dejando cariño esparcido en su camino. No lo concebía planeando una muerte, y menos aun llevándola a su fin.

Otra de las pocas presentes era Valentina Pereira, la amiga de infancia de la familia, y quien durante los años que vivió en la casa de Lourdes, le tomó un afecto especial. Lo había dejado de ver por más de treinta años, y su sorpresa fue total cuando al encontrarlo de nuevo, este la había abrazado como si jamás se hubieran alejado. La reacción violenta que tuvo Biri biri el día de la lectura del testamento, en la notaría, era la manera como expresaba su dolor, como afloraba su insatisfacción sentimental, y no una válvula generadora de odio y perversión como aducía el inspector de policía, que ahora había tomado las riendas del pueblo. Ella presenció un par de veces el mismo accionar cuando eran niños, y el que brotaba en los momentos en los que los seres que amaba herían sus sentimientos a través de desaires. A él lo afectaba sentirse por fuera del círculo de cariño familiar, ese del que nunca hizo parte; pero no significaba que una de esas reacciones terminaría en tragedia, pues así de fácil como surgía el dolor, también desaparecía, y de nuevo el cariño y la ingenuidad regresaban. Valentina estaba sufriendo de igual manera por la situación del alcalde. Nunca había escuchado una historia donde a una misma persona le pasaran tantas desventuras seguidas en tan corto tiempo, pero estaba convencida, por sus creencias de vida, que tarde o temprano todos los seres tendrían una oportunidad de volver a ser felices, y cuando la del alcalde llegara, ella quería estar presente.

Las golondrinas, que durante generaciones lo habían acompañado, también se hicieron presentes en su partida. Esa tarde lluviosa, un grupo de aves voló en círculos bajos sobre el ataúd sin flores. En pocos días harían nidos en los árboles aledaños a su nueva morada.

***

Ágata Quintero comenzó su declaración aclarando que Biri biri era su amigo de muchos años, que lo conocía bien y que no pensaba que tuviera nada que ver con la muerte de Josefina. El Alma en Pena, dijo delante del alcalde, algunos pobladores, los abogados y el juez, que días antes de la muerte de su amigo, habían estado juntos en su vivienda de las montañas elaborando un columpio para Emilia, su hija. La mujer indicó que Biri biri le regaló las cuerdas gruesas de cabuya que había traído desde la iglesia y que eran sobrantes de las que colgaban del campanario.

—Así que también me estaba robando las cuerdas —dijo el padre Ferdinando, inculpándolo de un nuevo ilícito. Con una mirada de desprecio arropada en el silencio, Ágata continuó su exposición. Indicó que le había pedido a Biri biri su ayuda para hacerle a Emilia dos columpios más en el patio trasero de la casa del pueblo, donde permanecía el balancín construido por su esposo. Dijo que él había aceptado con alegría y que, de nuevo, había traído más lazos para hacerlos. Ferdinando tosió a propósito y, levantando las cejas, miró a los presentes para manifestar su molestia por el robo continuado de aquellas cuerdas de la iglesia. No emitió palabra, pero todos entendieron el mensaje.

Prosiguió ella diciendo que la tarde antes de su muerte, Biri biri llegó con las cuerdas a la casa de la villa, pero que debido al aguacero que azotaba el lugar fue imposible hacer su trabajo. Juntos decidieron guardar los lazos detrás de los arbustos, porque ella creía que las cuerdas mojadas se dilatan más y por eso el trabajo sería más fácil. Él estaba emocionado con la idea misteriosa de esconder los lazos, y mencionó con risas que era un pirata enterrando su tesoro en una isla mágica. Ágata le siguió el juego, y con una hoja de parra y la banda elástica con la que amarraba su cabello, le hizo un parche para su ojo derecho, y lo convirtió en un corsario importante cuya misión sería proteger el enigmático tesoro con el que zarparían al mar de los juegos a la mañana siguiente.

—171—

El alcalde comenzó a llorar, e interrumpiendo a la mujer, dijo que él lo había visto con el parche de pirata, dándole veracidad a la historia de Ágata. Esta continuó diciendo que se habían quedado de encontrar al día siguiente, muy temprano, aprovechando que en las mañanas nunca llueve, pero que al llegar solo encontró los rastros de sangre.

El padre Ferdinando, al ver que la historia otorgada por Ágata era convincente, maquinó un plan de inmediato, y sabiendo que ahora el abogado Extraño estaba de su parte, se levantó y dijo que todo era una mentira para encubrir a Biri biri, y que seguramente entre los dos habían asesinado a Josefina. El grupo de sus fieles más leales apoyó esta imputación, y rápidamente una sola voz se levantaba en su contra.

—Asesina, asesina —gritaban en el juzgado.

Los ánimos caldeados fueron silenciados por el enojado juez, que no dudó en decirles a todos que los sacaría de su oficina si se repetía la algarabía. Ágata había comenzado a llorar, diciendo que ella nunca le hubiera hecho daño a Josefina, porque la quería como a una hija, además era la mejor amiga de Emilia.

—¡Mientes, bruja maldita! —la acusó Ferdinando de nuevo, de manera déspota. Muchos años atrás, Ágata había prometido jamás luchar en contra de Ferdinando. La culpabilidad por el irreparable daño que le había causado una vez siempre estuvo presente en su vida. Sabía que su decisión irresponsable al aceptar escaparse con él había sido la causa de inmensos dolores físicos y morales en su camino, así como de enfermedades con secuelas, pérdida de sus dedos, y la humillación constante a la que se vio enfrentado por sus mandos superiores, los que siempre lo vieron como un religioso débil y sin convicción. Ágata había destruido sin querer la vida de aquel hombre, y en esa destrucción iba implícito el robo de su felicidad, de esa alegría que él solo había sentido con ella antes de su decisión de no irse con él.

Aceptó ser llamada la bruja del pueblo, la mujer que tenía un pacto con el demonio, la villana, aceptó incluso vivir relegada y temida, odiada y despreciada, porque sabía que tenía que pagar las consecuencias de sus decisiones. Siempre entendió el accionar de Ferdinando, incluso llegó a justificar la manera en que este se expresaba sobre ella delante del resto de habitantes. Comprendía que le había declarado la guerra desde hacía mucho tiempo, y ella aceptaba con humildad todas las balas disparadas en su contra, las que la hirieron de muerte en múltiples ocasiones, las que la sumieron en la soledad, en el fondo del abismo. Su promesa había sido cumplida, porque nunca en más de treinta años de vejaciones constantes, había hecho algo para atacarlo. Pero ahora no permitiría que la acusaran del crimen de Josefina, y menos a Biri biri.

El peso acumulado que cargaba durante tanto tiempo comenzó a desmoronarse. De ella dependía sobrevivir al alud o ser sepultada para siempre. No podía guardarle más fidelidad a ese voto de silencio que se había hecho a sí misma. Con un grito que enfrío el alma de todos, dijo que no mentía, que su historia era cierta, y que era hora de saber la verdad sobre Ferdinando. Los asistentes a la audiencia quedaron mudos, incluyendo al juez que los conocía a todos bien y que no esperaba tal reacción. La cara del cura era de papel, blanca, escuálida, arrugada. Tampoco esperaba que esta fuera a hablar del pasado, y con miedo sugirió que todo lo que diría sería un invento para hacerlo quedar mal, pero el pueblo quería escucharla.

Ágata no podía callar más. Inició contando el momento en el que Ferdinando llegó a su casa y le propuso escapar con él, siendo ambos muy jóvenes. Ante el asombro de todos, la mujer les narró la versión de sus hechos, asumiendo los daños colaterales causados a aquel hombre. A medida que elaboraba su historia con las memorias que llegaban a su mente de manera clara, el cura gritaba que todo era falso, y le exigía al juez que la detuviera en su sarta de calumnias.

Teresita entendía ahora todo muy bien. En alguna ocasión, Ferdinando le había dicho que nunca podría amar a una mujer, pues la llama de ese sentimiento había sido extinguida por mandato divino, por la hija misma del demonio, pero Teresa, pensando que hacía alusión a una parábola bíblica no le dio mayor importancia a su frase, aunque había sonado tan linda que siempre permaneció en su cabeza.

Ágata explicó el por qué Ferdinando odiaba a su esposo Hugo, iniciando chismes sobre la mala calidad de sus obras, e indicando que por eso nunca le había pagado los dos trabajos que le hizo. También argumentó que por sus miedos propios les había prohibido ser felices, pensando que detrás de cada risa, de cada momento de alegría, de cada abrazo lleno de amor, estaba la mano de un ser demoniaco. Lo acusó entonces de manipular la figura de dios a su propia conveniencia, diciéndoles que el todopoderoso residía en el sufrimiento interno, y afirmó lo equivocado que estaba, pues ella misma había conocido a Dios, y lo descubrió por vez primera cuando nació su pequeña, porque ese ser de luz residía en el amor puro de la gente humilde, de la felicidad emanada de la bondad, y no en el dolor y la insatisfacción del mundo.

Todos estaban pegados a sus palabras. No sabían que aquella mujer podía expresarse de esa manera. Ahora los ojos comenzaban a desviarse hacia la cara del padre.

—¡Nada es cierto! —dijo encolerizado, argumentando que ninguna de sus palabras dejaba de inculparla en la muerte de Josefina.

El juez le dio la razón al sacerdote, aunque también indicó que Ágata no estaba acusada de la muerte de aquella muchacha, porque hasta ahora el único sospechoso era el fallecido hermano del alcalde.

Sentada muy cerca del escritorio del juez estaba Magdalena Manrique, la viuda sorda, que por primera vez había estado despierta durante toda la audiencia y ponía sumo cuidado a cada palabra expresada por los participantes. Con su camándula en mano, la anciana, que pocas veces hablaba en público, interrumpió al juez. Se puso de pie con la ayuda de su bastón, y luego, carraspeando y limpiando su garganta dijo que quería dar su testimonio.

Nadie entendía a qué se refería, pero ella argumentó que de pronto era importante.

Sin que nadie se interpusiera, la anciana dijo que el día de la fiesta de Josefina, un grupo de mujeres se había puesto de acuerdo para sabotear la celebración, temiendo que como mencionaba el padrecito, tanta felicidad trajera al pueblo una desgracia de proporciones gigantes. Dijo que entre Lola y Pepa se habían encargado de dañar el radio donde sonaban las canciones. Inmediatamente, Pepa Rumores salió en su defensa, diciéndole que no era cierto, y que tenía que comprobar lo que decía. La vieja Manrique adujo que la misma Lola se lo había contado alardeando de su labor salvadora.

Todos giraron sus cabezas hacia las Rumores, y aunque Pepa seguía negando su participación, su hermana Lola indicó que era cierto, y que gracias a ellas dos se había evitado una tragedia, tal como el padre se los había advertido.

Ahora todos miraron al cura, pero estaban acostumbrados a sus sermones diarios donde pregonaba lo mismo.

La viuda Manrique dijo que lo que le estaba quitando el sueño desde hacía algunos días era una confesión que le había hecho la profesora Fanny sobre su novio, el inspector de policía.

Sin mencionar nada más, el inspector palideció. Con sus ojos diminutos miró a Ferdinando, y emulando lo que este había hecho instantes atrás, se puso de pie y gritó: —¡Calumnia! Es una calumnia. Yo no hice nada.

El sacerdote se inquietó al máximo y, usando su sagacidad, se ingenió un plan de emergencia que utilizaría en cualquier momento si era necesario.

Magdalena Manrique prosiguió. Ante el silencio sepulcral del auditorio dijo que Fanny estaba preocupada porque el inspector no paraba de quejarse de un lumbago muscular. Nadie entendió la conexión de la anciana, pero esta explicó que el dolor del inspector lo atormentaba desde hacía un poco más de una semana, tiempo que coincidía con el fallecimiento de Josefina.

—¿Qué estás queriendo decir? —le preguntó el juez, advirtiéndole a ella y a los demás presentes, que cualquier aseveración hecha allí debía ser comprobada.

La anciana siguió con parsimonia su relato. Dijo que después de enterarse del dolor del inspector, y aprovechando que este vivía con su madre en la casa contigua a la suya, fue a llevarle una pomada que era bendita para los espasmos musculares, pero que el inspector no estaba en casa.

—Su madre, que es mi amiga, me invitó a entrar a la casa, donde estuvimos charlando y tomando el té por algunas horas. Nos quedamos las dos dormidas, sentadas en la sala, y cuando desperté quise dejarle la pomada al inspector, entonces entré a su cuarto.

Las palabras de aquella mujer estaban cargadas de misterio. Su ritmo pausado tenía a todos al borde del abismo, especialmente al inspector de policía, que comenzaba a sudar pegado a su silla.

El padre Ferdinando esperaba lo peor. Lamentó profundamente que su sobrino fuera tan mediocre para todas las asignaciones encomendadas.

La viuda indicó que dejó la pomada sobre la mesa de noche del inspector, pero que le llamó la atención ver al lado de su cama una botella con cloroformo, y ella, que estuvo casada toda la vida con un farmacéutico, sabía muy bien los usos que se le pueden dar a aquel líquido.

—Si quiere les explico —le dijo al juez, pero este le pidió que continuara con su historia, pues él sabía muy bien para qué servía el cloroformo.

El inspector estaba temblando. Con nerviosismo miró a su novia, pero esta también temblaba de desconcierto. No quería imaginarse qué más tenía para decir aquella anciana.

Sin soltar el rosario de madera, señaló que la curiosidad la embargó en ese momento y aprovechando que su amiga seguía roncando sobre el sofá, se atrevió a investigar un poco más. La viejita abrió el talego que cargaba y sacó una bolsa plástica que entregó al juez.

—Esto estaba en su armario —dijo ella.

El juez abrió la bolsa y encontró un zapato de tacón. Lo sacó y lo elevó al aire.

—¿Alguien lo reconoce?

El alcalde, que estaba esposado a su silla, no se dejó esperar con su respuesta

—¡Es de Josefina! —El rumor explotó en la sala.

El inspector gritó que podía explicarlo todo. Dijo que él estaba encargado de la investigación y que por eso tenía el zapato de la muchacha allí, pues lo estaba analizando. Dijo que el frasco con cloroformo lo había comprado recientemente para desengrasar el viejo Jeep verde de la alcaldía.

—¿Y la escalera llena de barro que está en su patio detrás de la puerta? ¿Y el dolor de espalda? —preguntó la anciana, que dijo con orgullo que prácticamente había resuelto el crimen. Ferdinando sabía que su sobrino iba a estallar en cualquier momento, lo conocía bien para entender que con tal de no caer solo comenzaría a decir todo lo que sabía. Antes de que fuera acusado se puso de pie y gritó que también tenía sospechas fuertes contra él, y que le constaba que había pactado con Biri biri para hacer algo extraño con Josefina, pues escuchó cuando le pidió el favor de llevarse a la chica de la fiesta. Dijo que esa conversación se dio en la iglesia un día antes de la celebración, pero que le pareció normal porque pensaba que le quería dar un regalo sorpresa. Ahora veía la conexión existente para llevarla hasta el patio de la casa de Ágata y cometer el homicidio entre ambos.

—Seguramente querían repartirse el dinero de la herencia —dijo el cura.

En medio del caos, el juez ordenó el arresto inmediato del inspector de policía. Aquel hombre estaba tan asustado que no pudo decir palabra alguna porque no procesaba lo que estaba ocurriendo, y solo se limitó a mirar a los presentes con terror. Cuando los agentes se lo llevaban, gritó que todo era un plan de Ferdinando para quedarse con el dinero de la familia del alcalde, pero el cura desestimó sus acusaciones con gritos: "¡asesino!"

El juez pidió compostura en su despacho y concluyó la audiencia, indicando que la investigación seguía su curso.

Todo ha cambiado en nuestra casa. Tiene razón Aurora, la chica de tu historia, cuando menciona que la vida es una rueda de la fortuna que gira con prisa y que a su antojo desmedido cambia los hilos de nuestros caminos. Se parece tanto a vos cuando habla, aunque ella se muestra mucho más ingenua, con ganas locas de descubrir un mundo que le ha sido negado por su pasado. He seguido leyendo tu manuscrito, pero ahora estoy inmersa en la calma de cada palabra. Después de tu partida volví a comenzarlo. Creo que mientras lo leímos juntos me apresuré un poco pensando en el destino que se avecinaba, además quería terminarlo con vos de la mano. Por eso lo reinicié, para digerirlo mejor, y ahora lo leo palabra por palabra, deteniéndome en cada punto para tomar un respiro. Voy colgada de tu mente imaginando cómo lucen esas casitas de las que hablás, ese pueblo tan de mentiras y tan visible en mi cabeza. Y me he enamorado de Emilia, y cada vez que se ríe yo río con ella, y si baila con locura en su sala, y brinca sobre sus muebles de cuero, yo la imagino conmigo, y la abrazo a la distancia.

Hace unas horas recibí una llamada que estaba esperando, y aunque no pensé que llegaría tan pronto, no puedo decirte que me sorprendió escuchar su voz. Era la mujer que fue a tu funeral con sus hijos, aquella que me preguntó por tu libro, una amiga especial de la que nunca me hablaste. Me dijo que estaba en la ciudad, que quería verme, que era importante que habláramos. Parece que sabe mucho sobre mí. Me preguntó cómo estaba llevando los días. Le dije que eran ellos los que me arrastraban, porque yo había quedado sin ánimos de llevar nada encima. Ella también perdió a su esposo hace unos años, pero eso lo debes saber ya. He pensado con temor, con mucho miedo, que aquella mujer haya sido tu amante y que sus dos hijos sean los tuyos. Es mucho más joven que yo, muy guapa, por cierto, y no puedo negar que estuviste muy conectado con ella. Melissa Alejandra, misteriosa mujer. Aparecer en mi vida solo hasta ahora, cuando ya no estás. Pienso que me hubiera gustado haberlo sabido de tu boca, o tal vez ignorarlo por completo, pero ya es tarde para deseos. Nos veremos en la noche, a las ocho, en el restaurante francés de la playa.

Ya he pensado en cómo reaccionar cuando me cuente sobre ustedes, sobre aquellos hijos grandes que tenés, y no sé por qué nunca me hablaste de ellos, o, ¿no son tuyos? Bueno, ya imaginarás, mi viejo, porque seguís siendo mío, que desde aquella llamada no he tenido tranquilidad en absoluto para leerte más, para estar contigo en casa, para pensar. Me embargan las preguntas, pero no quiero escuchar las respuestas. ¿Y a quién contarle sobre este encuentro enigmático? Sabés bien que no tengo amigas que no sean de los dos, que desde que nos conocimos nos entregamos el uno al otro y fuimos de esas parejas que no supo pasar tiempo aparte, no fuimos como tantas relaciones que pueden tener amigos por su lado, no, nunca lo supimos hacer; pero tampoco lo intentamos, y es que jamás nos hizo falta. Por eso tengo mis dudas sobre aquella mujer, sobre aquellos dos hombres, porque no encuentro el momento en que te hayas alejado para tener una segunda familia, a no ser que lograras salir mientras yo dormía. Ay, viejo, me hacés reír con las ideas que posás en mi mente al generar estos encuentros tan extraños. No tengo la menor duda de que sabías que esto iba a pasar, que tarde o temprano después de tu partida me iba a encontrar con esta mujer, con un pasado tuyo que no conozco y que no sé si quiera enfrentar.

Son solo las cuatro de la tarde. Leeré estas siguientes páginas para tener un contexto más amplio de lo que ella busca. ¿Por qué se ha interesado en tu historia? ¿Acaso es una agente literaria que quiere publicarte póstumamente? No. Sospecho que sus intenciones van mucho más allá de la publicación de un libro, mucho más lejos que conocerme para hacer amistad. La vez del funeral me dijo que vivía en un sitio alejado, y que volvería a la ciudad en unos meses. Solo han pasado diez días y ya ha regresado, por eso sé que es algo diferente, que necesita sacar de su cuerpo el peso que la agobia. Percibo que no puede dormir con tranquilidad hasta que yo conozca su secreto con vos. Pero ¿por qué contarlo? Tiene que haber algo más allá, algo profundo que no entiendo. ¿O será que estoy pensando demasiado y es todo más simple? ¿Será que es solo una amiga lejana que quiere compartir las memorias que tiene de vos conmigo?

Sé que seguís aquí, mi viejo hermoso, a mi lado como siempre. Lléname de calma, de sabiduría para enfrentar el presente, y no permitas que desfallezca ahora que he quedado tan sola.

29

El pueblo entero había quedado consternado por las revelaciones hechas en el juzgado. Tras la intervención de la viuda Manrique, el inspector de policía declaró a gritos su culpabilidad en el asesinato de Josefina. La confesión de Ágata sobre el pasado del padre Ferdinando también rodaba de boca en boca y, aunque el sacerdote lo había negado, para muchos de ellos todo tenía completo sentido. —¿Enamorado de Ágata? —se preguntaban sin entender, dudando por primera vez de la vocación del sacerdote. Las chismosas debatían si Ágata era o no una bruja. Unas decían que no, porque las brujas se ríen a carcajadas y a ella nunca la habían visto ni siquiera emitiendo una mueca de alegría, y lo único que generaba su rostro era tristeza y desconsuelo; pero otras, la mayoría, decían que sí, que no había duda, argumentando que todos los vecinos de su casa vieja, la de la calle Melancolía, escuchaban ruidos y cánticos durante las noches, y ellos sabían muy bien que aquella vivienda estaba completamente desocupada.

A su vez, el grupo de mujeres que comía prójimo con sus lenguas viperinas, alababa la labor de la sorda Magdalena Manrique, pero antes de que la subieran al pedestal de heroína, Pepa Rumores con su envidia a flor de piel, dijo que ella pensaba que todo tenía un trasfondo diferente, pues según las malas lenguas, desde que enviudó mantenía un poco calurosa y en búsqueda de aventuras, y el inspector era quien le despertaba sus instintos carnales.

—Eso explica exactamente lo que estaba haciendo en su cuarto aquella tarde, y como fue rechazada, pues decidió contarlo todo —finalizó ella, sugiriendo incluso que Manrique estaba envuelta en el asesinato. Las otras mujeres se bendijeron con susto, y sin dudar de las palabras sabias de la dueña del clan, comenzaron a mirar con desprecio a la rezandera del manto en la cabeza.

A pesar de que el cura no había sido conectado con el homicidio, al menos no de manera oficial, el simple hecho de que el inspector, que además era su sobrino, se hubiera atrevido a afirmar que estaban trabajando juntos, generaba en la comunidad un halo de duda difícil de borrar. Ferdinando no sabía qué hacer tras esa tarde de revelaciones en su contra. Era claro que su imagen como autoridad religiosa había decaído entre los que creían en la versión de Ágata, y ni qué decir de los que pensaban que el inspector tenía razón. El problema es que ambas versiones estaban en lo cierto, pero nadie podía comprobarle nada. Analizó bien las pruebas que pudieran existir en su contra en el caso de Josefina, y por más que las buscó en su cabeza, no encontró una fehaciente que lo vinculara de lleno en aquel proceso. Era la palabra de su sobrino contra la suya, y él era el sacerdote, el líder religioso del pueblo, y lógicamente su palabra era más fuerte y creíble. Se tranquilizó y pensó que lo mejor era detener por un buen tiempo el proceso testamentario al que quería apelar, para que no se creara una conexión en absoluto que lo incriminara. Al día siguiente, en la asistencia de la misa de la tarde, podría darse cuenta de qué tanto había afectado aquel proceso su credibilidad, y con quiénes podía contar.

Analizó su suerte y se alegró al pensar que las pruebas contra Biri biri eran sólidas, y sería fácil demostrar que trabajó de la mano con su sobrino, a cambio de dividir entre ambos la parte del testamento que le tocaba a este. A pesar de que Lourdes no dejó nada para él, la tesis legal seguía invariable, porque ni el inspector, ni el bobo, podían saber los resultados de la voluntad de la vieja borracha. Por ahora usaría a su nuevo abogado para denunciar a Ágata por calumnias y prejuicios morales, y para que además inventara argumentos que comprobaran que su sobrino quería matarlo por un problema familiar de antaño, y de esa forma, cuando este lo acusara, como lo haría, sería fácil convencer al juez de que su versión no tenía fundamentos y estaba basada en el odio que le profesaba. Ferdinando tenía cada movimiento calculado, y ahora menos que nunca podía correr riesgos de que algo no saliera bien. Su reputación, su libertad y su futuro estaban en juego. No permitiría que nadie las pusiera en riesgo.

Las dos últimas noches había estado pensando en las palabras de Teresa. En la notaría lo había amenazado diciéndole que el hijo de ambos estaba vivo. Aunque Ferdinando no le había creído nada, algo lo preocupaba. Él mismo había visto el cadáver de la niña, así que no había forma de que su versión fuera verdad. Habían pasado muchos años de aquel momento, quizás veinticinco, pensó sin tener exactitud, pero no era lógico que ahora ella saliera con un cuento diferente. No entendía las razones. No eran económicas, claro que no. Tampoco sentimentales, porque entre ellos ya todo había cesado, y menos mal porque el cuerpo arrugado y caído de ella le provocaba asco. Si tan solo luciera como la rubia Bondades, o Sarita, la pecosa linda; imaginó a ambas mujeres y sus firmezas, y lamentó no tener unos años menos. Antes de ir a cama tuvo una idea brillante. Iría al hospital con su nuevo abogado y conseguiría una copia del certificado de defunción de aquella niña, así estaría cubierto ante una eventual denuncia por paternidad.

30

Lucas ya lo sabía todo. A pesar de que Matilde le había contado hacía mucho tiempo sobre su procedencia, y que ella lo había adoptado, él no conocía la identidad de su madre. Solo unos días antes, después de que le pasara el efecto de los sedantes, se enteró de la verdad.

Matilde, la mujer que lo crió y a la que adoraba, le dijo que su madre biológica lo estaba buscando. Antes de presentársela le contó la historia de Teresa, y le dejó claro que aquella mujer apenas se había enterado de que su bebé no estaba muerto como lo pensó por más de veintitrés años. La enfermera quería clarificar que nunca fue un niño abandonado, sino que realmente hubo un error producido por la maldad de un hombre, que lastimosamente era su padre.

Hasta aquel momento, Lucas pensaba que Ferdinando, el sacerdote del pueblo de Josefina, era su tío, el hermano de su madre, y por eso no había hallado información alguna sobre ella, pues según sus investigaciones aquel religioso era único hijo.

El muchacho maldijo el hecho de que el cura fuera su progenitor, pero Matilde le explicó que uno no escoge sus padres, ni a nadie en su familia, y por eso todos los seres tienen dos opciones, o aprender a querer a sus familiares como son, con todos los defectos que puedan conllevar, o huir de ese lazo de sangre lo que es más fácil y cobarde a la vez. En su caso, jamás juzgaría si este decidiera pagarle con la misma moneda al cura, y no reconocerlo como su padre, ya que él no necesitaba, ni jamás había necesitado, de una figura paternal para salir adelante.

Lucas le dijo que quería conocer a la mujer que lo dio a luz, y abrazándola enfatizó que no se preocupara, porque ella siempre sería su madre, de la que estaría enamorado toda la vida. Teresa Mesa entró muy nerviosa a aquel cuarto. A pesar de que ya lo había besado y había pasado tiempo con él mientras dormía, ahora sería la primera vez que lo vería a los ojos, frente a frente, y podría sentir la mirada de aquel pedazo de su ser por el que había sufrido cada noche de su existencia.

Atemorizada hasta los huesos, la mujer entró al cuarto de manera despaciosa. Aurora Andrade la acompañaba, porque no podía perderse la oportunidad de conocer a su hermano, aunque él todavía no conocía aquellas noticias.

Lucas la miró con curiosidad. Tenía sus mismos ojos, y también su risa. El muchacho no dudó entonces que aquella dama desconocida fuera su madre. Aurora lo vio y se sorprendió del parecido que ambos tenían. El muchacho no pudo expresar palabra alguna, y Teresa al notar su ansiedad, se acercó y lo abrazó con ternura. Él respondió a la caricia y sin planearlo preguntó:

—¿Tienes una mancha en forma de corazón en tu nalga izquierda?

La consulta sorprendió a todos, y el hielo se rompió con risas sinceras, aunque Teresita, en medio de las suyas, rememoró la manchita de Ferdinando que tanto le gustaba.

Pronto, Lucas se enteró de que tenía una hermana, con la que también se abrazó y se dieron los pesares risueños por el padre que compartían. Hablaron de todo un poco. Del caos en que se sumía el pueblo, de Josefina, del bebé que esperaban, de Ágata, a la que Lucas dijo que había visitado en su casa junto a su amada Josefina. Ni Teresa ni Aurora sabían de aquella visita, y sorprendidas le comentaron que nadie en el pueblo había entrado en la casa de aquella enigmática mujer. O al menos no que ellas supieran. Lucas les contó que era una señora amorosa y tierna, que los atendió muy bien, e incluso les aconsejó contarles a los padres de Josefina sobre el embarazo, indicando que era horrible vivir engañado por las personas que nos aman.

El muchacho comenzó de nuevo a llorar por la ausencia de su novia, y entrando en un nuevo ataque de pánico prefirió tomar sus calmantes y desconectarse un día más de la realidad que le estaba haciendo tanto daño. Abrazó a las tres mujeres, les pidió paciencia y les dijo que estaba seguro de que juntos iban a ser una gran familia.

Aurora pensó en Ágata, y se prometió que muy temprano en la mañana iría a visitarla, pues le debía una explicación por haber faltado a la cena de Emilia, confundiéndose y llegando a la casa equivocada.

31

Sabiendo que Ágata se levantaba temprano a despachar a su esposo y a su hija a la escuela, Aurora Andrade subió a la casa de la montaña tan pronto como pudo. Anhelaba poder saludarlos, y de paso disculparse con ella por no haber llegado a tiempo al cumpleaños de Emilia.

Una confusión con las locaciones la había desubicado. Nunca había estado en su casa, y al llegar al pueblo que se posaba en la cumbre del peñón, no supo cuál de todas era. La villa era más pequeña que la suya, pero las casas lucían mucho mejor, porque por lo menos tenían mucho más espacio entre ellas, a diferencia de las casas del pueblo donde habitaba. Las viviendas de la montaña tenían una extensión de terreno dos o tres veces más grande, y todas eran de dos pisos. Aurora se dio cuenta de que Ágata estaba bien económicamente, y se alegró de pensar que la suerte le sonreía, pero en la vida nadie sabe lo de nadie, y ella estaba totalmente equivocada con su acepción bienintencionada.

Tocó en dos casas, antes de que le indicaran en donde vivía la mujer que buscaba. Se extrañó de esto, pues en su pueblo todos conocen la vida ajena, y aquí, no supieron donde vivía Hugo el artista, referencia que utilizó pensando que era muy conocido en su villa, así que le tocó preguntar por la madre de Emilia, a la que reconocieron con rapidez.

Aurora tocó a la puerta, pero nadie respondió. Mientras se preparaba para bajar la montaña, alcanzó a visualizar la figura

—187—

lejana de Ágata que caminaba con prisa por las escalas de tierra que rodeaban aquel cerro. La muchacha le hizo señas a lo lejos, pero no fue vista. Aún estaba temprano, así que decidió alcanzarla y disculparse personalmente, pero el paso rápido de su amiga la alejaba más y más. Aurora comenzó a subir aquellas escaleras empinadas, y antes de llegar a la décima, tuvo que detenerse y tomar un respiro. Se sintió avergonzada con ella misma, menor muchos años que la mujer madura, y con un estado físico paupérrimo. Bien podría parecer su abuela.

Sin saber a dónde se dirigía, Aurora siguió subiendo escalones, que cada vez se hacían más altos, como si solo pudieran alcanzar la cima los atletas. La muchacha rió al saber que siempre exageraba con sus dichos, pero de algo sí estaba segura, y era de su mermada capacidad respiratoria. Ya había perdido de vista a Ágata, pero siguió subiendo a su pesar, esperando que no hubiese una bajada diferente, porque de lo contario jamás la alcanzaría.

Finalmente, las escaleras terminaron, y quedó en la meseta de la colina, donde observó el cementerio más lindo que había visto en su vida, luego pensó que solo conocía el de su pueblo, pero que no había punto de comparación entre ambos, ya que este estaba lleno de estatuas gigantes, ángeles con sus dedos en la boca pidiendo silencio, y decenas de árboles regalando sombra a quienes llegaran a visitar a sus muertos. Al otro extremo de la montaña, Aurora visualizó el camino por donde llegaban los autos, y no supo si ya Ágata había descendido. Decidió entrar al camposanto y caminar alrededor, con curiosidad de ver algo nuevo. Pensó que, sin importar el estatus social de una persona, al final todos terminan en el mismo sitio, con la tierra cubriéndolos y sin saber bien qué vecinos descansarán a los lados. Le pareció gracioso aquel concepto de cementerio rico y cementerio pobre, como si el dolor de unos y de otros fuera inferior solo por tener menos. De lo que si estaba segura era que en este cementerio en especial se sentía mayor paz que en el del pueblo. Ni siquiera allí las tumbas estaban tan pegadas las unas a las otras, verificó con su mirada, y de nuevo vio a Ágata que se movía entre tumbas y estatuas sin darse cuenta de que ella estaba cerca.

Quiso gritarle, pero no estaba en el lugar indicado para hacerlo, y a pesar de que no vio a nadie cerca, prefirió no pasar como la típica pueblerina de voz alta y alaridos mañaneros. Así que prefirió alcanzarla en silencio.

Ágata llegó hasta una esquina del jardín. Luego se sentó sobre la tumba adornada con flores, y comenzó a llorar. Aurora ya estaba cerca, pero al verla derramar su tristeza optó por no acercarse, respetando su momento. Ignoraba qué familiares tenía allí, porque hasta donde ella sabía sus padres estaban enterrados en el cementerio del pueblo, pero igual, como aquella mujer era tan misteriosa, quizás se trataba de algunos amigos cercanos, sus abuelos, o los familiares de su esposo que reposaban en aquel lujoso y bello patio santo.

Mientras esperaba que finalizara su visita, se sentó en un mausoleo gigante con las estatuas de dos perros en forma de protectores, y en el medio de ellos se posaba un ángel que tocaba una trompeta. Miró las figuras en varias ocasiones, y no supo si estaban enterrados dos perros, o era solo un simbolismo que no entendió, además aquel monumento no tenía el nombre de los ocupantes.

Regresó su mirada hacia donde estaba Ágata, pero ya no la vio. Le molestaba que se moviera tan rápido de un lugar a otro, porque a ese paso jamás la alcanzaría. La buscó de nuevo con su mirada y la vio abandonando el cementerio. Aurora salió de prisa tratando de alcanzarla, pero aquella no daba tregua en su paso atlético. Bajó los escalones de tres en tres, y dejó deslizar sus botas azules por otros tramos, como si conociera de memoria aquella montaña y sus recovecos. La muchacha inició su descenso de manera cuidadosa, controlando sus movimientos para evitar caerse y rodar cuesta abajo. Media hora después y con la lengua afuera, logró llegar a su vivienda, pero ya Ágata había salido con rumbo desconocido.

32

El juez había escuchado ya los descargos al inspector de policía. El acusado se había declarado culpable del homicidio, pero indicó que había obrado por órdenes del padre Ferdinando, quien era el que maquinaba la estrategia con miras a quedarse con la fortuna de la difunta Lourdes. El reo indicó que contó con la ayuda momentánea del padre para subir el cuerpo de Josefina al árbol, pero que no tenía cómo comprobarlo. Adujo que la muchacha no sintió nunca nada, porque la durmieron con una dosis de cloroformo más alta que la estipulada, tanto así que creía que, al momento de colgarla, ella ya estaba muerta. El juez pidió pruebas, pero el sobrino del sacerdote no tenía ni una sola, porque los planes se habían realizado mientras cenaban o tomaban un trago, y todas las indicaciones recibidas por el cura quedaban muertas en el aire, sin testigos. El inspector le ofreció al juez revelarle algunos secretos del sacerdote, que con la investigación necesaria podrían ser vitales en la determinación de la empresa delictiva, eso sí, a cambio de una rebaja de penas para él, pero el juez no accedió a quitarle ni un solo día de condena, pues el daño hecho al ahorcar a Josefina había destruido muchas vidas, la de sus padres, la de su tío, la de su bebé y la suya misma, además de los daños colaterales causados con aquel acto diabólico cuyo único fin era la ganancia de unos pesos de más.

El inspector decidió entonces que, sin importarle si tenía que quedarse en la cárcel de por vida, haría lo necesario para que Ferdinando pagara igual por su crimen; habló del testamento de Lourdes que tenía guardado en el salmo 33, en su biblia. Indicó que la decisión de desaparecer a Josefina surgió una vez que la madre del alcalde decidió cambiar su voluntad y dejarle todo a su nieta, porque estaba seguro de que, al borrarla del camino, todo quedaría en sus manos, ya que era el albacea de los bienes. También le contó sobre las relaciones sexuales que había mantenido a lo largo de su estadía en aquel pueblo, y mencionó a varias mujeres con las que el cura había tenido hijos, como Julia, Teresita Mesa y Celina la costurera, además, contó que algunas de sus fieles pagaban sus penitencias en el cuarto privado de aquel hombre, que de santo no tenía ni un pelo, y que disfrutaba narrando con detalles cómo aquellas mujeres lo daban todo por un pedacito de salvación.

Por último, el inspector de policía narró al juez la manera en que casi, veinticinco años atrás, había mandado a deshacerse del bebé que esperaba con Teresa, y que posiblemente en el hospital de la ciudad había pruebas que constataran lo que decía.

El juez, sabiendo que el asesinato no tiene prescripción jurídica, o sea que no expiraba, mandó a sus investigadores a recopilar todas las pruebas existentes sobre el caso, convencido de que, de una u otra manera, el sacerdote al que nunca le tuvo fe, caería en sus manos.

***

Un grupo de especialistas viajó hasta la clínica por orden judicial. El libro de registros de aquellas fechas había desaparecido, aunque estaban otros que databan incluso de fechas anteriores, por lo que se dieron cuenta de que alguien intentaba ocultar algo. Matilde, que estaba en su turno de la mañana, se enteró de lo que sucedía y llamó a Teresa para que estuviera informada. Sonaba muy nerviosa, pues pensaba que iba a ser arrestada junto al médico que había recibido el dinero para no salvar al bebé. Teresa, que se había asesorado con un abogado criminalista, le dijo que el hecho punible no había existido, porque jamás se había consumado, así se hubiera aceptado su práctica. Le dijo que no temiera, porque ni siquiera existía tentativa de este, ya que en ningún momento el bebé estuvo en riesgo por sus manos y, por el contrario, ellos le habían salvado la vida. Lo único que podría afectarlos era no haber denunciado al autor intelectual del hecho, en este caso a Ferdinando, pero que ella misma se encargaría de suministrarle los mejores abogados para su defensa, estando convencida de que ni siquiera sería arrestada por esta omisión.

Amparada en la información de Teresa, la enfermera colaboró con los investigadores, y les ayudó a encontrar la prueba donde figuraba el nombre y la firma del sacerdote en el registro. Ahora solo faltaba para su condena contar con el testimonio de ella y del médico que atendió el parto de Teresita, el que, para limpiar su consciencia, decidió atestiguar en contra del culpable de una muerte que casi se comete.

Ni el mismo abogado Extraño, tan famoso en la región, ni la intervención divina en cabeza del mismísimo Espíritu Santo, al que se encomendaba Ferdinando, podrían salvarlo de ir a la cárcel, y aunque sería juzgado por un delito diferente al asesinato de Josefina, igual pagaría algunos años en prisión por haber mandado a asesinar a un bebé recién nacido. El juez estaba convencido de que poco a poco recopilaría la evidencia necesaria que comprobaría su vínculo en el homicidio de la hija del alcalde.

El sacerdote fue arrestado el último día del año, luego de haber oficiado la misa de gallo, que sería la última que daría en su vida. Sin aceptar los cargos impuestos, amenazó a las autoridades con demandarlos por daños morales, calumnias e injurias. Además, mencionó que, si alguien le hacía daño, se condenaría en el infierno, pues era un siervo de la iglesia más poderosa del mundo y por lo tanto merecía un trato privilegiado. También alegó que desde el propio Vaticano enviarían a un representante a defenderlo y que contaba con jurisdicción especial, pero aquella defensa sagrada nunca llegó y, por el contrario, la diócesis de la capital lo despojó de su investidura religiosa y en pocos días enviaron a un nuevo sacerdote, que en su primera prédica invitó a los miembros de la iglesia a buscar la felicidad de la mano del cielo, cambiando así la mentalidad del pueblo para siempre.

Un par de días más tarde, el alcalde fue dejado en libertad. A la salida lo esperaba Valentina Pereira, su primer amor, y quien lo tomó de la mano como cuando eran niños y de la misma forma le dio un beso en la mejilla, prometiéndole cambiar su vida. Aquella mujer no dudó ni un solo segundo de que todos los seres humanos tienen nuevas oportunidades a su debido tiempo, y que la felicidad, ahora permitida en aquel pueblo, también le podría pertenecer a aquel hombre que una y otra vez fue agobiado por el dolor y la mala suerte.

La mesa estaba preparada para el gran banquete con el que celebraría la graduación de su hija. También su esposo había terminado las clases, y ahora se alistaba para unas merecidas vacaciones con su familia. Ágata, expectante y con la felicidad de ver a Emilia y a su artista, esperaba en la sala de su casa vieja en el pueblo. Había decorado el comedor como de costumbre, con las flores recogidas en la montaña que aromatizaban la vivienda. Como regalo le tejió un saquito, y en el patio trasero le tenía una sorpresa especial. Dos columpios la esperaban para que se balancearan juntas en los ratos libres. Uno colgaba del árbol frondoso de manzanas, y el otro del naranjo que estaba sembrado a corta distancia, casi de frente. Aquellos palos daban los frutos más coloridos en todo el pueblo, y también los más dulces.

Miró el reloj que llevaba en su muñeca. Faltaban diez minutos para las nueve de la noche. Luego, sintiendo los pasos de sus amores, apagó la luz.

—Ahí vienen —les dijo emocionada a todos.

Las dos chapas de la puerta de madera barnizada se abrieron, y luego Hugo y su hija entraron y prendieron el interruptor de la pared.

—¡Sorpresa! —gritaron los presentes, causando el entusiasmo y las risas de todos. Emilia se abalanzó a los brazos de su madre y la besó juguetonamente. Ágata, enamorada de ella, no la quería soltar, pero accedió a hacerlo para que la saludaran el resto de los invitados. Se arrimó después a Hugo, su artista y compañero de vida, y le dio un beso apasionado, luego lo felicitó por haber finalizado con éxito todo su currículo académico.

—Estoy muy orgullosa de ustedes —mencionó con los ojos llenos de lágrimas, pero esta vez su llanto era de alegría y satisfacción.

Sabía que podría estar con ellos una larga temporada, hasta que de nuevo en tres meses iniciaran sus labores estudiantiles.

Entró a la cocina y sacó el pollo en salsa que tanto le gustaba a su esposo. Luego salió con una olla de sopa de verduras y con la pasta con albóndigas que su Emilia disfrutaba tanto.

—A lavarse las manos que vamos a cenar —indicó.

Todos los invitados pasaron al baño y, luego, entre abrazos y risas se sentaron a la mesa. Aurora Andrade también había sido invitada, pero estaba un poco tarde debido a que el Café Central había tenido un día muy ocupado. Traía dos regalos para los festejados. Al llegar, dudó de nuevo si la cena era en esa casa del pueblo o en la vivienda de la montaña, pero la voz sonora de Ágata le despejó las dudas.

Haciendo un esfuerzo máximo logró pasar los primeros arbustos. No se explicaba el por qué su anfitriona decidía hacer una cena en esta locación cuando tenía una casa tan hermosa en la montaña, pero ya le preguntaría luego. Al acercarse a la entrada principal escasamente vio el pomo de la puerta, pues la oscuridad reinaba en la casa y sus alrededores.

Golpeó tres veces, porque le pareció de mal gusto entrar sin avisar.

—Llegó Aurora —anunció Ágata a sus invitados.

La mujer abrió la puerta con una gran sonrisa. Luego le dio un abrazo y le agradeció por estar presente en ese gran día para su familia.

La invitó a pasar, y les dijo a todos que ahora sí estaban completos. Pero Aurora no entendía de qué se trataba aquello.

—Siéntate, por favor —y señaló un lugar vacío en la mitad de un cuarto lleno de telarañas y en donde casi no se veía nada.

—Mira —dijo Ágata señalando a un rincón—. Ella es mi hija Emilia.

Aurora miró a aquella mujer de nuevo, extrañada y confusa. Incluso llegó a sentir miedo. No sabía si todo aquello era una broma de mal gusto que le estaba jugando, pero Ágata no parecía estar bromeando.

La próxima frase de la mujer la puso en alerta máxima.

—¿Te acuerdas de Biri biri, cierto? —Y luego señaló otro espacio vacío en medio del salón.

Ágata reía mientras le presentaba a estos seres imaginarios. La muchacha jamás había notado que estaba loca, y a medida que pasaban los segundos se fue llenando de pánico.

—¿Quién está por aquí? —dijo de nuevo—. Josefina, mira quién vino a la cena.

—Lo siento, tengo que irme —dijo Aurora, y sin más explicaciones salió corriendo con su piel erizada.

—¿No vas a cenar con nosotros? ¿Aurora? ¿Aurora?

Pero ya la muchacha corría de prisa, con el corazón saliéndosele del pecho.

Antes de las ocho de la noche llegué al sitio de encuentro, aquel restaurante francés que nunca te gustó. Por eso la cité allí, para no verte alrededor. Ay viejo, vaya sorpresa la que me has dado.

Ya ella me estaba esperando. La reconocí inmediatamente. Lucía mucho mejor que en el funeral. Llevaba un vestido verde oliva que la hacía sobresalir entre los presentes. Nos saludamos de nuevo, aunque no te lo niego, yo iba muy prevenida, pensando en lo peor.

Melissa Alejandra me recibió con amabilidad, incluso se atrevió a darme un beso, y sin soltarme la mano me invitó a sentarme. Pedimos una botella de vino. Sabés que tomo poco, pero estaba tan nerviosa que cuando ella lo propuso, acepté enseguida.

Desde el inicio fue directa. Me preguntó si tenía alguna idea sobre su identidad. Creo que esperaba que vos me hubieras contado algo sobre ella. Me provocó decirle que sospechaba que era tu amante, pero me mordí la lengua para no hacerlo.

Le contesté un no con mi cabeza, y ella se mostró algo decepcionada, o por lo menos fue la impresión que me dio.

El vino llegó a la mesa, y antes de que continuara hablando me dijo que brindáramos por vos, por tu vida. La verdad, mi viejo bello, me pareció un poco impertinente, atrevida. Estuve a punto de decirle que no, que yo no brindo por vos con otra, pero de nuevo me controlé y no lo hice. Sabés que nunca fui celosa, que no tuve rasgos posesivos en nuestra relación, que confié en vos, así como lo hiciste conmigo. Pero esta reunión tan extraña logró que todos esos sentimientos que siempre odié ver en otros, ahora se apoderaran de mí y me hicieran sentir indefensa.

Sin perder mi cordura levanté la copa y brindamos a tu nombre. Era un buen vino tinto, un Malbec suave. No me preguntés la cosecha porque sabés que no podría distinguirla.

Con su voz melodiosa ella me lanzó otra pregunta y de nuevo la odié por eso. Quería que fuera al grano de una vez, que me dijera que sí, que se acostaba con vos, que eras el padre de sus dos hijos enormes, y que me lo ocultaste para no herirme después de haber perdido a nuestra pequeña. Quería que no diera más vueltas; pero ella, tan calmada al hablar y tan profunda al mirar, me preguntó qué tanto sabía yo de tu pasado, significando 'antes de mí'.

Y me di cuenta de que sé muy poco de quien fuiste antes de conocerte, y no porque no me interesaba saberlo, sino porque un día me dijiste que juntos comenzábamos una nueva historia y que nos enfocaríamos en ella sin mirar atrás. Me pareció muy romántica la propuesta, y asumí que no querías hablar de muchas etapas. Me propuse conocerte como eras y aceptarte de esa forma. De ese hombre, de vos fue que me enamoré.

Fui sincera. Le dije que no conocía tu pasado, a excepción de tu gusto musical y tu afición por la literatura.

Melissa Alejandra comenzó diciéndome que nunca fue tu amante, ni que eras el padre de sus hijos, como si me hubiese leído la mente. Creo que mi actitud fue obvia, a pesar de que intenté controlarla. Y viejo, con esa aclaración se me quitó un gran peso de encima, y disfruté de la siguiente copa como no lo hacía en mucho tiempo.

Me dijo que era tu amiga de infancia, y que a pesar de que nunca perdieron contacto, sí dejaron de comunicarse por largos periodos de tiempo, por años, pero indicó sonriendo que, sin importar ese periodo desconocido en la vida de cada uno, cada vez que volvían a hablar sentían como si nada hubiera cambiado, como si hubiesen estado juntos solo un minuto atrás.

Yo sonreí pensando que ese eras vos. Un hombre que siempre lograba generar ese vínculo de familiaridad con todos, sin importar qué tan cercanos o lejanos fueran. Eras como un imán que atraía fácilmente la confianza de otros.

—¿Nunca te dio curiosidad por saber de su familia? —me preguntó.

Le conté que siempre me dijiste que tu familia había muerto, y que era una etapa que preferirías olvidar. Por eso nunca te pregunté nada, porque no quería herirte con ese pasado al que le huías. Aproveché para preguntarle cuál era la razón de buscarme, de querer conocerme, porque estoy segura de que detrás de ese encuentro propiciado había un misterio oculto; pero es que viejo, vos nunca me contaste nada sobre tu familia, y cada vez que te pregunté sobre tus padres, tus hermanos, tus amigos, vos me besaste y me dijiste que no querías hablar del tema.

Melissa Alejandra me dijo que el mes pasado recibió una llamada tuya que fue inesperada, y en la que le hiciste prometer que, si algún día morías, vendría a visitarme y a invitarme a su casa. Dijo que le hablaste de tu manuscrito, ese que yo terminaré.

Pero es que ya lo has terminado, mi viejo amado. Y, por cierto, le mencioné que tenías una imaginación grandiosa, y aunque no le dije nada de la historia, ella se mostró inquieta. Me dijo que viajaba de regreso hoy en la tarde y me invitó a irme con ella por unos días. Me contó que te sobreviven dos primos que ya están viejos, y que podría ser una buena experiencia para cerrar ciclos de vida, además ellos quisieran conocerme.

Y me dije, ¿por qué no? Nada tengo que hacer ahora aquí, nada que requiera mi presencia con urgencia. Cumpliré tu última voluntad y conoceré esa parte de tu vida, o lo que queda de ella, esa que me falta por explorar.

34

Mi nombre es Valeria Cantares, el personaje oculto de una historia que puede ser la de nadie, o la de todos. En cuestión de horas he pasado de abrazar un árbol de manzanas en un patio cualquiera del mundo, a caminar por una montaña nunca vista, pero recorrida tantas veces. Todo cambia en un minuto, es una certeza plena en el juego de las letras, en la rutina del movimiento, en la vida propia que se divide en muchas, sin importar si es creada por unos o por otros. Ya no sé qué es cierto y qué no, y he llegado a pensar que todo lo creado tiene vida, incluso las páginas de los libros que van narrando nuestras historias.

Por primera vez he caminado por una de las calles más tristes del mundo, esa que lleva en su nombre el dolor del recuerdo. No podía creer cuando los sonidos de mis pasos conocieron la Melancolía, cuando llegué a esa calle alejada del pueblo y encontré la casa vieja, la que sigue mágicamente embrujada. Fue difícil distinguirla, porque ahora la maleza se adueñó de ella por completo. Imagino que son miles los bichitos que se han mudado allí dentro de sus cuatro paredes. Las ventanas se han caído, solo queda una en pie. Con una mezcla de sensaciones recorriéndome el cuerpo y el alma, entré a su jardín principal. No encontré hortensias púrpuras que llenaran el ambiente de aromas frescos, tampoco puerta de madera barnizada con dos chapas. Solo había un portal caído con un pomo oxidado. Lo toqué con mi mano, me llené de tristeza. Abrí luego la puerta que casi se derrumbaba, y entré, asumiendo el riesgo propio, pero es que vivir contigo, mi viejo amado, fue eso, un riesgo infinito que llenó nuestras noches de días. Adentro, todo se iluminó, por lo menos así fue en mi mente. Miré el interruptor en la pared, ese que inservible se movía de arriba a abajo sin generar más que un ruido molesto, ese botoncito que fue el puente entre el nerviosismo de la llegada de su familia, y la sorpresa de saber que estaba ahí, escondida, esperándolos. Luego me arrimé al marco de la ventana y estallé en llanto, fue el mejor llanto de todos. Ahora solo estábamos vos y yo en aquel sitio, y claro, Emilia con Ágata, y Hugo el artista, y también Josefina y Biri biri, y quizás otros que se han sumado a la cena, y me recibieron con cantos y abrazos, y besos sinceros, y risas genuinas.

Ha sido tan hermoso estar presente en aquel sitio tan lleno de vacíos.

Y entonces lo vi, allí sentado en la única silla del salón, la que se ocultaba tras unas plantas que crecían en la pared. Encontré al amigo de peluche de la hermosa pequeña. Estaba absorto, viendo la función del tiempo pasar sobre el mundo. Lo tomé entre mis brazos como si se tratara de vos, o de nuestra Emilia, y volví a llorar. Lo besé con tanto amor, y pensé incluso en llevármelo conmigo, pero luego me di cuenta de que él tenía que quedarse en aquel sitio, en su casa maravillosa, porque era el alma del recuerdo y la prueba máxima del amor existente entre los que ya no existen. Con un solo ojo y sus orejas desechas, aquel osito lo significó todo.

Luego salí despacio, sintiéndome la mujer más afortunada del mundo por aquella vivencia que me marcó la piel.

El pueblo ha cambiado un poco, me ha dicho mi guía, sin saber que yo lo conozco muy bien. Hemos entrado a la iglesia del parque central, y subimos al campanario, donde me atreví sin permiso a mover el lazo de cabuya y hacer sonar una campana. En ese momento mi pecho se agitó, pues con el sonido salieron de sus nidos decenas de golondrinas que no me reconocieron y que emprendieron su vuelo bajo por las calles de ese pueblo que ya no está perdido en el tiempo, sino que hace parte de nuestros ojos, de la mente de tantos que algún día podrán leerte, y sin importar lo que piensen, imaginarán estas calles, estas casas que ahora observo a plenitud desde el punto más alto, en el que aprecio la casa vieja y el árbol grande que la sostiene.

Conocí a la hija de la Rubia Bondades, es una anciana de pelo oscuro y de muchos kilos de vida. Me he enterado de que su padre fue el señor Fermín. Ahora, ella se pasea por las calles con lentitud, y creo que puede ser la líder del nuevo clan de chismosas que no pararán de preguntarse quién diablos soy, merodeando con cara de entusiasmo por cada rincón que vuelvo a encontrar. Melissa Alejandra me dijo que Hugo y su hija Emilia habían muerto en un accidente de tránsito mientras regresaban de la ciudad. Era una tarde de lluvia torrencial y al parecer el auto no frenó bien y rodó por el cerro más de cien metros. Sus cuerpos fueron encontrados días después en muy mal estado. Desde ese momento, Ágata perdió la cabeza, y sumida en su agonía comenzó a verlos en su casita vieja.

También me habló de sus propios padres. Ambos partieron ya. Me dijo que su madre, Valentina Pereira, amó con locura hasta sus últimos días al viejo exalcalde. Le pregunté con algo de timidez sobre la veracidad de Biri biri. Ella sonrió y me dijo que es necesario que lea tu manuscrito con urgencia.

Y aquí estoy, mi viejo amado. Escribiendo estas últimas páginas de una historia que es mucho más que un libro, una vivencia única que me has dejado como regalo final. Es como si cualquier niño llegara al bosque de Caperucita Roja y la viera saltando con su canasta llena de pastelitos. Así me siento aquí, inmersa en un cuento.

Visité la tumba de tu madre. Le agradecí por haberte tenido, por haberte contado tan bien la historia en la que ella fue protagonista. Me enteré de que murió cuando eras muy joven, que su corazón se detuvo una tarde de lluvia, y que desde ese momento quisiste abandonar para siempre el pueblo. Tu bella madre Aurora, tan sufrida y madura. Me lleno de paz al saber que ahora está abrazándote junto a nuestra pequeña, y que cuando yo llegue, ya sabré todo sobre ella, y pasaremos largas tardes conversando sobre este pueblo, mientras vos y Emilia juegan en los columpios que le construiremos en el jardín, y las golondrinas aletearon muy cerca, dejándonos saber que todo está bien.

Y en medio de un café caí en cuenta de que eras el nieto del sacerdote.

Melissa Alejandra me dijo que aquella historia también fue cierta, aunque su nombre era distinto, pero me gusta más el de Ferdinando, tiene más fuerza, además cambiarlo ahora mataría la magia en mi cabeza. Tu abuelo huyó del pueblo al salir de la cárcel. Nadie supo nunca nada más de él, pero todos dicen que no le quedaba mucha vida. Discúlpame si lo llamo tu abuelo, pero no podemos negar nuestros orígenes, son ellos los que moldean nuestra personalidad, los que te convirtieron en el gran hombre que fuiste.

Me entristeció saber que Ágata murió una noche en su lecho, sin que nadie se enterara. Y que pasaron muchos días hasta que hallaron su cuerpo descompuesto. Fue enterrada junto a Hugo y su hija Emilia, pero nadie la lloró, nadie la extrañó, es más, me dicen que muchos habitantes incluso descansaron al no tener que volverla a ver. Jamás pensaron que su sombra se quedaría divagando por las calles del pueblo, entre los recuerdos de todos. Ahora, algunos dicen haberla visto entre las tumbas del cementerio caminando como ánima en pena. Otros aducen que la ven en la madrugada en las montañas, o alrededor de su casa vieja, esa que nadie se ha atrevido a demoler por miedo a una maldición eterna. Yo quisiera verla, y decirle que me duele su historia, que, aunque nunca la conocí, sí la he llorado, he sentido su dolor como si fuera propio, y es por eso que, en su memoria, compraré su vivienda vieja y me encargaré de edificarla para que sigan viviendo allí todos sus recuerdos, todas esas personas que amó, y que ahora hacen parte de mi historia.

Gracias de nuevo, mi viejo, por este trance con el que has hecho tu salida triunfal, gracias por mostrarme que nunca sabremos qué es real y qué no, por enseñarme que en la vida todo cambia en un minuto, y que ese minuto es la vida misma, el único que tenemos, en el que vivimos constantemente, 'este minuto'.

Acerca del autor

Héctor Manuel Castro es abogado y periodista colombiano. Reside en los Estados Unidos desde hace varios años. Es autor de la novela La iglesia del diablo (Penguin Random House, 2014). Tiene una maestría en comunicaciones de la Universidad Internacional de la Florida y es profesor de periodismo en el Miami Dade College. Su blog La visión al desnudo es publicado semanalmente. @HectorManCastro